Herstellung und Verlag:
BoD - Books on Demand, Norderstedt
ISBN 978-3-7448-5441-2

James E. Kent

Gretchens junge Jahre

Geschichtchen aus dem Leben einer jungen Frau

Der Autor

James E. Kent, geb. 1952 in den USA, Schreiber und Erzähler wahrer und halb- wahrer Geschichten. Alles wurde im Wesentlichen so erlebt wie hier geschrieben, wenn auch nicht unbedingt vom Autor selbst.
Sollte sich jemand wiedererkennen, bitte um Diskretion.

Geschichtchen mit Gretchen

Prolog

„Mariechen war ein schönes Kind.". So geht ein altes Kinderlied. Von Gretchen konnte man das auch durchaus behaupten. Sie war hübsch und unverdorben. Sie war trotz allem, was sie bisher erlebt hatte, unerfahren und naiv. Sie war nicht geizig mit ihren Reizen. Aber sie tat nichts aus Berechnung, sondern immer nur aus Spaß an der Freud, wie man so schön sagt.

Die folgenden Geschichten sind ihr gewidmet. Vielleicht würde sie, aus zeitlichem Abstand, heute anders handeln, doch mit dem Spaß ist es so wie mit dem guten Essen. Was man einmal konsumiert hat, kann einem keiner mehr nehmen.

In diesem Sinne: Mahlzeit Gretchen!

Notwendiges Vorwort des Autors

In Linz gibt es ein nettes kleines Weinlokal, (wo genau, das verrate ich nicht) in dem man zu Mittag ganz gut essen und auch am Abend bei gutem Wein stundenlang gemütlich sitzen und sich unterhalten kann. Es ist dort nicht so laut, wie in anderen Lokalen und die Tische sind mit Raffinesse so gestellt, dass nicht eine Gesellschaft die andere stört, wenn nicht gerade ganz extrem herumgebrüllt wird. Dort gehe ich für mein Leben gern hin, weil es dort noch Menschen gibt, die erzählen können.

Was erzählen? Familie, Beruf, Krankheiten? Nein, das ist tratschen, nicht erzählen. Es dominieren selbst erlebte Geschichten aus der eigenen Vergangenheit, und wie das halt so ist, unter anderem auch Einblicke in das Liebesleben.

Auch ich möchte mich da nicht ausschließen, wenngleich ich diesmal nicht selbst Erlebtes, sondern nur Beobachtetes schildern möchte. Aber es handelt sich dabei um eine Serie von durchaus amüsanten Geschichten über ein sehr gut bekanntes Ehepaar. Als ich sie kennenlernte, waren sie gerade einmal drei Monate zusammen und noch nicht verheiratet. Allerdings existierte da bereits jeweils ein Sohn, den jeder der Partner in die Ehe mitbrachte.

Natürlich gab es da am Anfang Reibereien, besonders zwischen den Knaben, aber es spielte sich rasch ein und dann wurde geheiratet.

Schon damals war abzusehen, dass es sich um keine Null-acht-fünfzehn-Ehe handeln würde, sondern dass, bedingt durch das Temperament und die Neigung der Partner, durchaus nicht alltägliche Ereignisse vorkommen würden.

Zu dieser Zeit lebten wir alle in Steyr, wo ich meine sechs Jahre Praxiszeit für meine Konzession als Immobilienmakler bei einer dortigen Firma verbrachte. Ich war nach einer emotionalen Bauchlandung ein eingefleischter Junggeselle, weshalb ich entsprechend viel Zeit bei verschiedenen Bekannten verbringen konnte. Bei den Schneiders, von denen ich hier erzählen will, war ich oft und gern gesehener Gast, wofür ich heute noch sehr dankbar bin.

Später, als ich in Linz meine eigene Immobilienkanzlei aufmachte, arbeitete Margret Schneider, von Bekannten liebevoll „Gretchen" genannt, einige Jahre in meinem Betrieb. Sie war tüchtig, fleißig und gelehrig in allen beruflichen Angelegenheiten. In privaten Dingen war sie unheimlich kompetent, was mir viele angenehme Momente bescherte.

Jochen Schneider war Versicherungsmakler und auch hier durchaus erfolgreich. Er hatte eine Sekretärin, eine großgewachsene Blondine, die mindestens so tüchtig wie er war und die ihn heimlich anbetete und verehrte, obwohl er keinesfalls der Typ des charismatischen Helden war. Aber er hatte Humor, war tolerant, kontaktfreudig und sozial. Dazu verstand er es durchaus, einer Frau spüren zu lassen, dass er sie schätzte und verstand. Das brachte ihm viele Gutpunkte bei der Damenwelt ein.

Wie gesagt, das hier Erzählte ist zuallererst als Stammtischgeschichte zu verstehen, die erst nachträglich niedergeschrieben wurde. Ich hoffe, sie gefällt aber auch in dieser Form.

Ach ja! Die ganzen Geschichten muss man sich natürlich im zeitlichen Rahmen der Jahre 1981 bis 1987 vorstellen, wo es viele heute selbstverständliche Dinge und technische Möglichkeiten noch nicht gab. Und auch das Fernsehprogramm war noch nicht so ausgefeilt und verblödend wie heute, sodass die Menschen mehr Zeit füreinander hatten. Der gesellschaftliche Rahmen war damals, von den siebziger Jahren her, noch etwas lockerer und unverklemmter (Stichwort Befreiung der weiblichen Sexualität), die Menschen noch hoffnungsfroher und leistungsbereiter. Man ging viel öfter in Lokale als heute, man saß beisammen, die Musik und die Filme waren besser. Es war einfach überall etwas los, es war eine Aufbruchsstimmung, ob auf den Straßen oder in den Lokalen. Im Gegensatz zu heute, wo man in den meisten Bereichen der Städte um zehn Uhr am Abend oft glaubt, man ginge über einen Friedhof, so still ist es.

In diesem Rahmen muss man die Erzählungen sehen. So, jetzt fangen wir aber sofort mit der ersten Geschichte an. Sie ist sozusagen der Einstieg in alle folgenden.

1. Kapitel:
Goldfinger

Gretchen Schneider war kein Kind von Traurigkeit. Sie war erst Zweiundzwanzig und den positiven Seiten des Lebens durchaus noch zugetan. Sie machte ihren Haushalt, kümmerte sich um die Kinder, ging arbeiten, kurz, sie war eine durchschnittliche, wenn nicht sogar gute Ehefrau. Daneben war sie aber für jeden Spaß zu haben.

Es gab nichts, was ihr zu blöd war, wenn es nur Unterhaltungswert hatte, sei es, dass man in Gesellschaft zum Mostbauern fuhr, dort fröhlich, ja sogar ausgelassen war, sei es, dass man einmal an heißen Tagen nackt im See badete, oder dass man an kalten Wintertagen in die Sauna ging. Manchmal wurde auch auf Teufel komm raus Karten gespielt und dem Verlierer dann eine Strafe aufgebrummt. Überall war sie mit Freuden dabei.

Ihr Mann Jochen, der zehn Jahre älter war als sie, hatte in ihr eine ziemliche Vorgabe, um mit ihr mithalten zu können. Zum Beispiel trank sie gelegentlich, selten aber doch, etwas über den Durst und dann war bei ihr alles möglich.

Einmal, als eine gemütliche Partie beim Bauern beisammensaß, trank sie fünf große Schnäpse in relativ kurzen Abständen und dann hatte sie unvorhergesehene Probleme mit dem Magen. Sie zog daraus die Lehre, nicht zu übertreiben, und trank danach vier Wochen lang nur Wasser und Limonade. Oder sie trank drei Halbliterkrüge Birnenmost und war dann einfach nicht mehr zu bremsen in ihrem Übermut.

Die Nachbarin Inge dagegen war schon etwas über die erste Jugend hinweg und bereits 33 Jahre alt. Von Natur aus war sie eher ein etwas zurückhaltender Typ, der mit Männern nicht viel Glück hatte. Ihr früherer Ehemann behandelte sie nicht gut, war ein Trinker und gewalttätig. Von dem hatte sie zwei Kinder und ließ sich schließlich scheiden.

Ihr nächster Freund nach der Scheidung war ein Rauchfangkehrermeister, der sie eigentlich nur als Ruhepol benützte. Er kam, redete ein wenig, nahm einen kleinen Imbiss zu sich und legte sich auf die Bank im Wohnzimmer, wo er nach wenigen Minuten selig entschlummerte. Zwar ging er gelegentlich mit ihr aus, aber da er verheiratet und durch seinen Beruf ziemlich bekannt war, konnte das auch nur in sehr diskretem Rahmen erfolgen.

Es sprach für Inge, dass sie da fast acht Monate zuschaute, bis sie ihm klar machte, dass er auch zu Hause ein Bett habe. Von da an war sie einige Wochen alleine.

Eines Tages jedoch hörte man drüben in der Nachbarwohnung der Schneiders wieder Geräusche, die auf ein normales Sexualleben schließen ließen. Inge hatte einen neuen Freund und der war zwölf Jahre jünger als sie! Na, ob das gut gehen würde!

Zu allem Übel stellte sich heraus, dass dieser Didi ein wilder Hund, also das männliche Gegenstück von unserem Gretchen war.

Er lachte gern und viel, war dabei aber nicht platt und dümmlich, sondern echt unterhaltsam und lustig. „Eine Lachwurzen!" wie ihn eine Bekannte einmal bezeichnete. Darüber hinaus konnte man ihn als echten „Schürzenjäger" bezeichnen. Treffender konnte man das gar nicht zum Ausdruck bringen. Kein weibliches Wesen war vor ihm sicher.

Es dauerte daher nicht lange, bis er in den Freundeskreis der Schneiders gut integriert war. Bei den Frauen war er gut gelitten, die Männer lachten gern bei seinen lästerlichen Reden mit. Es war eine fröhlichen Runde, mit verschiedenen Besetzungen, die sich aber gut verstand. Zwar waren sie alle nicht mit Reichtümern gesegnet, doch für vergnügliche Stunden reichte es allemal.

Bald war in ihrer Gesellschaft das lose Mundwerk des Didi auch bei den anderen guter Brauch. Auch sonst waren sie nicht zimperlich, sehr zum Ärger von Inge. Sie hätte es gern etwas konventioneller gehabt.

Eines Tages fuhren sie mit dem alten Mercedes der Schneiders hinaus zu einem kleinen Bauernhaus, das diesen als Wochenendobjekt diente. Sie, das waren in diesem Fall die Inge und der Didi, die Ute, das war die Tochter der Inge, der Freddy, Utes Freund und eben die Schneiders.

Dort angekommen setzten sie sich zuerst an einen großen Tisch im Hof. Man unterhielt sich und tauschte Neuigkeiten aus. Weil es heiß war, trank jeder zwei große Glas Most und dann kam man auf die Idee, ein Kartenspiel zu veranstalten. Zuerst pokerten sie ganz normal, dann kam der Gedanke, man könnte doch auch gleich Strip-Poker spielen.

Das war der Moment, wo Inge ausstieg. Da spielt sie nicht mit, sagte sie. Sie setzte sich hin und nahm ein Romanheftchen zur Hand. Dummerweise hielt sie es verkehrt, weil sie ja eigentlich mehr lauern als lesen wollte.

Da es Hochsommer war und jeder entsprechend leicht bekleidet, wurde ausgemacht, dass der Letzte in jeder Runde entweder ein Glas Schnaps trinken oder ein Kleidungsstück ablegen musste. Inge als Moralapostel wachte peinlich darüber, dass alles seine Ordnung hatte. Trotzdem waren nach ungefähr einer Stunde alle Beteiligten fast nackt und ziemlich besoffen. Als dann die Kleidungsstücke ausgelöst werden sollten, fuhr Inge dazwischen und die Stimmung schlug plötzlich um.

Jeder hatte genug und alle zusammen fuhren nach Hause. Jochen erklärte sich für fahruntüchtig, doch Didi hatte bei sich keine Bedenken. Er fuhr, und den anderen blieb die Furcht. Heute würde er das keinesfalls mehr tun, sagte Jochen, aber damals hatte es einen gewissen Reiz, so mit Hurra und Trara im Suff nach Hause zu fahren.

Kaum dort angekommen, teilten sie sich auf, die Schneiders gingen in ihre Wohnung und Inge, Didi, Ferry und Ute gingen in die Wohnung von Inge. Alle waren jetzt merkwürdig ruhig, jeder spürte die Wirkung des Alkohols.

Als Gretchen und Jochen in ihrer Wohnung ankamen, zogen sich ganz aus und rissen alle Fenster auf, damit in bei der Hitze etwas Durchzug war. So saßen sie da und dösten vor sich hin.

Auf einmal klopfte es an der Wohnungstür. Jochen zog seinen Bademantel an und öffnete. Es war Didi, dem es drüben zu fad geworden war.

„Die schlafen alle, die faulen Säcke. Da habe ich mir gedacht, schaust nach, was die Nachbarn so treiben." sagte er unbekümmert.

„Na ja, nicht sehr viel, wir lassen uns durchlüften. Aber was zu trinken könnte nicht schaden." meinte Jochen.

Er ging in die Küche und machte für jeden einen Gespritzten. Dann redeten sie über dies und das. Schließlich kamen sie auf den vergangenen Nachmittag zu reden. Didi beschwerte sich über die prüde Inge, die keinen Sinn für Humor habe. Er ließ auch ziemlich respektlose Bemerkungen über ihre körperlichen Vorzüge fallen. Das war zwar nicht fein, aber ihm verzieh man's.

Er fühle sich bei ihr mehr als Vorzeigeobjekt denn als Liebhaber, stellte er abschließend fest. Jochen musste heftig lachen und sagte, ihm ginge es da besser, Gretchen wäre eher großzügig mit ihren Reizen. Und prüde war sie auch nicht.

So ging das Gequatsche weiter bis sie wieder, einfach um irgendwas zu tun, wieder mit einer Kartenpartie begannen. Sie spielten und tranken bald noch einen und dann noch einen Gespritzten und klopften Karten wie die Alten. Zuerst spielten sie um keinen Einsatz, einfach nur um des Spaßes willen.

Endlich kamen sie darauf, dass zu jedem Spiel ein Preis gehöre. Strip-Poker schied aus, Schnaps ebenfalls und gespritzten Wein tranken sie sowieso. Also, was blieb? Didi und Jochen boten an, im Falle des Verlierens, Gretchens Auto, das einen leichten Defekt hatte, zu reparieren. Gut, das wurde akzeptiert.

Jetzt durften sich die zwei Männer etwas wünschen, sollte einer von ihnen gewinnen. Na, was wünscht sich ein Mann? Genau. Nur, das wurde abgelehnt. Maximal zehn Mal die Vorhaut hin und herbewegen, das war gerade noch drinnen, bot Gretchen, immer noch leicht illuminiert, an. Oder einmal ordentlich greifen bei ihr.

Mindestens fünf Minuten lang, forderten die Männer. Gretchen stimmte schließlich zu. Der Sieger konnte es sich aussuchen, sie war sich ihres Sieges sowieso sicher. Sie spielten und machten dann noch aus, wer nach zehn Partien in Führung lag, der sollte den Siegespreis bekommen.

Auto reparieren war nicht ganz Sache der beiden Herren, deshalb spielten sie ziemlich konzentriert. Doch bereits ab der sechsten Partie war abzusehen, dass Jochen wahrscheinlich verlieren würde. Er stieg daher aus und fügte sich in das Schicksal, als Mechaniker tätig sein zu müssen.

Gretchen und Didi spielten weiter und endlich kam die letzte Partie. Didi lag ein Spiel im Vorteil, doch sollte Gretchen gewinnen, würde es fünf zu fünf stehen. Und für diesen Fall sahen die Regeln nichts vor. Und schon sah es so aus, dass Gretchen gewinnen würde, denn sie legte eine Straße hin. Didi zog das Gesicht lang. Als sich Gretchen schon freute, legte er einen Drilling auf den Tisch. Und dann noch ein Paar. Nachdem das ein Full House war, hatte eindeutig er gewonnen.

Gretchen hatte acht zu zehn verloren. Gut, sie hatte einen Trostpreis, Jochen musste das Auto herrichten. Aber der Didi war der Sieger und er hatte Anspruch auf die Siegesprämie.

„Na, wie hast du dich entschlossen?" fragte ihn Gretchen etwas von oben herab..

Didi zögerte etwas.

„Bleibt es wirklich bei den zehn Mal hin und herfahren?" fragte er.

„Ja! Zehn Mal und nicht mehr. So ist es ausgemacht" antwortete Gretchen bestimmt.

„Oder, wenn du willst, kannst du fünf Minuten greifen."

Man konnte sehen, dass sich in Didis Hose schon ganz schön was tat. Er schwankte.

„Nach zehn Mal hin und her komme ich gerade auf den Geschmack. Nein, das ist nichts. Komm her, wir machen das jetzt so." sagte er und rückte zu Gretchen hinüber.

Er nahm sie in den Arm und schmuste mit ihr. Dabei legte er ihr geschickt die Möse frei. Man konnte gar nicht bemerken, dass er viel herumfummelte, aber bereits nach einer Minute war Gretchen Wachs in seinen Händen. Immer weiter öffneten sich ihre Schenkel, bis ihre Knie fast schon bei ihren Ohren ankamen.

Jetzt sah man auch, wie Didi das machte. Er zwirbelte zwischen Daumen, Zeigefinger und Mittelfinger sanft ihren Kitzler. Hie und da fuhr er mit dem Mittelfinger hinunter und feuchtete den Kitzler an. Gestoppte dreieinhalb Minuten tat er so, dann riss Gretchen tief die Luft ein und stieß einen dumpfen röhrenden Schrei aus. Sie war gekommen.

Didi hörte aber nicht auf und tat jetzt allein mit dem Mittelfinger weiter. Mit Daumen und Zeigefinger spreizte er die Schamlippen und mit dem Mittelfinger massierte er. Gretchen atmete nach einiger Zeit wieder ganz tief ein und stieß dann einige spitze Schreie aus. Sie war zum zweiten Mal gekommen. Danach war sie vollkommen fertig und legte sich flach auf die Bank. Didi nickte Jochen zu und verabschiedete sich.

Gretchen schlief eine gute Stunde und wurde vom Glockenschlag der Uhr geweckt. Man merkte ihr an, dass sie immer noch mit den Folgen des Alkohols kämpfte. Sie schaute auf den Tisch, sah die Spielkarten und dass dort drei Gläser standen. Dann rieb sie sich die Augen.

„Ist leicht was?" fragte Jochen sie. Sie gab keine Antwort und deutete nur auf den Tisch.

„War der Didi da?" fragte sie ihn.

„Ja. Und du hast verloren!" sagte Jochen zu ihr.

 Sie dachte etwas nach. Dann sagte sie bestimmt: „Soll ich dir was sagen? Der hat einen richtigen Goldfinger."

Damit war die Sache für sie gegessen. Didi jedoch blieb der Beinamen „Goldfinger" noch ziemlich lange erhalten.

2. Kapitel
Der Venushügel

Die Wohnungsnachbarin der Schneiders, die Inge, hatte sich bereits vor Wochen einen jungen Freund zugelegt. Didi hieß der und er war ein sehr fideler Vogel. Inge war 33, Didi 22, also sicher schon allein vom Alter her eine relativ problematische Beziehung. Dazu kam noch, dass Didi ein spaßiger und unternehmungslustiger Bursche war, während Inge dazu tendierte, eher das Hausmütterchen zu spielen.

Sie genoss es, von ihren Bekannten und Freundinnen beneidet zu werden ob ihres jungen Liebhabers, aber sie machte nur sehr spärlich Gebrauch von dessen tatsächlichen sexuellen Fähigkeiten. Und so kam es, dass dieser junge Mann bei ihr ziemlichen Notstand litt und daher ständig Abwechslung außer Haus suchte.

Gretchen, oh Pardon, Frau Schneider, war damals ebenfalls gerade zarte zweiundzwanzig Jahre alt. Jochen, ihr Mann, der zehn Jahre älter und auch schon entsprechend erfahrener war, gab dieses Mehr an Erfahrung auch in Form einer etwas lockeren Moral an sie weiter. Didi und Jochen waren aber auch hinter dem

Rücken von Gretchen dicke Kumpane und heckten so mancherlei Unsinn mit Frauen aus. Aber bei Jochen war es so, dass er sich den Appetit zwar auswärts holte, aber gegessen wurde zu Hause, während Didi darauf angewiesen war, zu nehmen, was er kriegen konnte.

Oft saß er am Abend, wenn Inge nicht zu Hause war, bei Jochen und Gretchen in deren Wohnzimmer und klagte ihnen sein Leid. Er führte dabei ein sehr lockeres Mundwerk und man konnte daran erkennen, dass er durchaus zu sexuellen Experimenten neigte. Letztendlich gehörte er fast schon zur Familie und kam und ging, fast wie es ihm beliebte.

Eines Abends, Didi, Jochen und Gretchen spielten gerade eine Partie Mau-Mau, da Inge nicht zu Hause war, kamen er und Jochen auf den Gedanken, Gretchen ordentlich auf den Arm zu nehmen. Alle waren bereits etwas angeheitert, als sie Jochens Frau eröffneten, dass sie die Absicht hätten, sie heute beide gleichzeitig zu besteigen. Es war als Scherz gemeint und verfehlte an diesem Abend auch nicht seine Wirkung. Sie war total schockiert von dem Ansinnen und wies es auch entschieden zurück. Was sie aber nicht hinderte, weiter lockere Sprüche zu klopfen.

Kurz vor zehn erschien dann die Nachbarin, die Inge, und damit war's fürs Erste vorbei mit den Frivolitäten. Um halb elf wurde die Sitzung mangels Stimmung für beendet erklärt und Jochen und Gretchen gingen zu Bett. Doch scheinbar ließ es ihr keine Ruhe, was ihr da die Männer vorgeschlagen hatten, denn sie bohrte beständig nach.

„Du, sag einmal, war das heute wirklich euer Ernst?" fragte sie Jochen.

„Na klar, du sollst auch einmal was Gutes haben!" antwortete er tiefernst.

Sie legte sich an seine Seite und meinte treuherzig.

„Weißt du, grundsätzlich könnte ich mir schon vorstellen, dass wir es einmal an einem Abend zu dritt machen, wenn du willst. Aber wie soll das denn gehen? Das frage ich mich."

Sie fuhr mit ihrer Hand über seinen Bauch. Sofort bekam er Gefühle und sprach an. Sie zog ihre Hand wieder zurück.

„Na, du hast ja schon genug Filme gesehen, da zeigen sie das ja auch." gab er zur Antwort.

„Was! Da sieht man, wie zwei Männer mit einer Frau herumtun. Der eine macht's ihr unten, während sie den Anderen abbläst oder so. Aber wie wollt ihr mich denn gleichzeitig ficken? Ich hab doch bloß ein Loch! Da passt ihr nicht zu zweit hinein, das kannst du mir glauben!"

Es machte ihr sichtlich Gedanken.

„Na ja, das geht schon. Man muss es nur wollen! Und jetzt tu weiter, hör nicht auf im guten Tun!" forderte er sie auf.

Sie fuhr wieder mit ihrer Hand seinen Bauch hinab und ergriff sein Glied. Sanft massierte sie ihn.

„So, jetzt sag schon, wie das geht! Sonst hör ich auf!"

Das war Erpressung! Darauf ging er am besten gar nicht ein.

„Na, du hast ja sicher Fantasie! Dann denk einmal nach, vielleicht fällt's dir ein."

Sie hörte tatsächlich auf! Na so was! Und er war gerade auf den Geschmack gekommen! Dann fuhr sie ihm mit der flachen Hand wieder leicht über den Bauch.

„Also, was ist! Sagst du's mir, wie ihr euch das vorgestellt habt?" fragte sie schelmisch.

„Na, eigentlich so, wie wir's gesagt haben. Wir packen dich alle zwei gleichzeitig."

Ihre Hand begann wieder zu arbeiten. Plötzlich kroch sie unter die Decke und nahm sein Glied in den Mund. Was das betrifft, war sie große Klasse. Sie wusste das und setzte es gekonnt als Druckmittel ein. Bald schon flog die Decke zur Seite, damit sie besser Luft bekam und sie blies ihn gekonnt. Leider unterbrach sie bald und linste zu ihm herauf.

„Was ist, ich höre?" fragte sie lauernd.

Er seufzte.

„Komm, tu weiter, ich erklär's dir."

Sie tat, wie er es wollte und er schloss seine Augen, um zu genießen. Kaum war er in Hochform, hörte sie wieder auf..

„Ich höre noch immer nichts. Also, wie soll das ablaufen?"

Jetzt spitzte er die Ohren. Sie war also tatsächlich bereit, die Sache in Erwägung zu ziehen! Na, das konnte ja heiter werden.

„Also, gut, ich zeig's dir dann! Wie gesagt .... Aber mach erst fertig, denn wenn ich reden muss, dann ist es nicht lustig."

„Na, mach wenigstens eine Andeutung."

„Also gut! Ist ja ganz einfach! Du sitzt auf dem Didi und ich steck ihn dir hinten hinein!"

Jetzt hörte sie ganz auf. Sie kam wieder zu ihm herauf und legte sich am Rücken neben ihn. Sie überlegte.

„Das kann ja gar nicht gehen. Ich kann mir das nicht vorstellen. Erklär es mir näher!" forderte sie.

Jetzt seufzte er ein zweites Mal. „Gott, du bist eine Landplage. Komm her, ich zeig dir's. Setz dich drauf!"

Gehorsam kletterte sie auf ihn und setzte sich auf seine Hüften.

„Tu ihn rein, sonst kapierst du's nicht!" kommandierte Jochen..

Sie nahm sein Glied, massierte es ein wenig und führte es sich vorsichtig ein. Teufel, die war eng und feucht! Ganz kurz befielen ihn Zweifel über die Durchführbarkeit ihres Planes.

„So, jetzt beug dich zu mir herunter. Ja ganz! Und jetzt reite richtig! Ja, das ist gut! Sooooo....... Und jetzt pass auf! Mein Finger ist der Zweite!"

Er machte seinen Finger mit Spucke nass und führte ihn vorsichtig in ihr Poloch ein. Plötzlich hielt sie inne.

„Ach so, darauf wollt ihr hinaus! Na, ihr seid ja ganz Schlimme! Aber das wird nicht gehen. Da reißt ihr mich auf wie eine Weihnachtsgans. Und das will ich nicht, weil das tut ganz schön weh."

Sie stieg von ihm ab, er gab aber keine Ruhe und legte sich auf sie. Zuerst zierte sie sich ein wenig, doch dann spreizte sie willig ihre Beine und er konnte in sie eindringen. Wieder dieses wunderbare Gefühl ihrer engen Muschi, dieses weiche Gleiten in ihrer schlüpfrigen Scheide. Ein paar Minuten gaben sie sich nur dem Sex hin, doch dann begann sie, mitten unter der schönsten Bumserei wieder.

„Ich sag dir, das geht nicht. Wenn ihr alle zwei gleichzeitig drin seid, tut das weh. Es geht nur so, dass ihr abwechselnd, wenn der eine ganz tief hineinfährt, muss der andere gerade herausfahren. Da braucht ihr ein gutes Rhythmusgefühl. Und einen langen Pimmel. Sonst geht das nämlich nicht. Aber interessant wär's schon einmal. Na, vielleicht tu ich einmal mit ...."

Jochen begann ihr das zu schildern, wie er es sich ausmalte, ein Abend bei ihnen im Wohnzimmer, Kerzenlicht, sanftes Kuscheln, etwas Wein .... Schließlich würden sie ihren Körper verwöhnen und als Höhepunkt dann zu zweit in sie eindringen. An ihrer Erregung konnte er erkennen, dass das durchaus auch für sie so vorstellbar war. Aber es sollte anders kommen.

Einige Abende waren seither vergangen, der Didi saß bei den Schneiders, und es wollte einfach nicht klappen. Sie redeten zwar öfter darüber, aber es tat sich einfach nichts in dieser Richtung. Wahrscheinlich weil sie es erzwingen wollten. Dann kam ein Samstagabend nach einem heißen Sommertag, schwül, und da alle gerade

Sparprogramm hatten und Karten spielten - Inge und Didi waren bei Jochen und Gretchen auf Besuch - kam die Idee auf, einfach ein Nachtbad zu nehmen.

Der nächste geeignete Badesee war in Enns, ein kleiner Baggersee, ca. 20 km von ihrem Wohnort entfernt, weshalb sich einer von ihnen als Chauffeur zur Verfügung stellen musste. Die Wahl fiel auf Didi. Eigentlich dachte sich an diesem Abend keiner etwas. Sie fuhren einfach baden, zwar in der Nacht, aber sie trugen sogar Badekleidung.

Die Vier packten also ein paar Badetücher, zwei Decken und ein paar andere nützliche Dinge in Didis Wagen und brausten los. Kaum beim See angekommen, entpuppte sich Inge wieder einmal als Zimtzicke. Sie war müde und wollte, anstatt ins Wasser zu gehen, lieber auf dem Handtuch liegen bleiben. Die Anderen jedoch wollten einmal das Gelände erforschen, denn der See war sehr unregelmäßig und reizte ihre Neugier.

Als Erstes durchschwammen sie einen ca. 10 m breiten Arm, der zur Ableitung für ein Betonwerk führte. Auf der anderen Seite war ein Hügel, den sie eigentlich jetzt erst bemerkten. Neugierig erklommen sie ihn.

Oben angekommen fielen sie fast in eine Mulde, die sich genau an der Spitze befand. Sie war weich mit Gras und Moos gepolstert, was darauf schließen ließ, dass sie sich schon länger dort befand und nicht erst frisch entstanden war. Etwas außer Atem vom Aufstieg ließen sie sich hineinfallen und legten sich dort ins hohe Gras.

Nachdem sie wieder zu Luft gekommen waren, begannen Didi und Jochen Gretchen zu frotzeln. Sie traue sich eigentlich nicht, sie rede nur groß, aber es sei wie immer nichts dahinter. So provozierten die beiden Männer sie fortlaufend. Sie schien aber wirklich Hemmungen zu haben, weshalb Jochen zur Tat schritt.

„Komm, sei kein fader Zipf, lass uns wenigstens deine Tutterl sehen." bettelte er.

Sie war aber dazu vorläufig noch nicht geneigt, weshalb sie weiter in sie drangen.

„Schau, da ist doch sicherlich nichts dabei. In jedem Freibad zeigst du sie her. Warum nicht da?" fragte Jochen sie.

„Das ist etwas anderes. Weil ihr wollt mich ficken und das will ich jetzt nicht." wehrte sie ab.

„Schau, du zeigst sie uns, dann kannst du ja immer noch entscheiden, ob oder ob nicht." bohrte er weiter.

Gretchen lehnte sich etwas zurück und stützte sich dabei auf ihre Hände. Der weiß-braun gestreifte Bikini, der ziemlich knapp saß, war trotz der Dunkelheit deutlich zu erkennen. Sie hatte eine ziemliche Oberweite, für die sie sich bei Gott nicht zu schämen brauchte.

„Komm, jetzt sei nicht so! Nur ein wenig!" bat er sie wieder. „Der Didi hätte sie auch gern gesehen."

Dabei griff er mit beiden Händen an ihr Oberteil und schob es gegen die Mitte zusammen. Üppig quoll ihr Busen daraus hervor. Rechts und links hingen ihre sinnlichen Brüste heraus, gespreizt von der Spannung des Oberteils.

„Komm, lass mich fühlen. Prachtvoll. Du hast wirklich einen Prachtbusen. Warum schämst du dich dafür?" fragte Jochen.

Seine Frau hatte den Kopf gesenkt, er streichelte mit beiden Händen ihre Wonnelaibchen. Didi saß daneben und atmete schon etwas schwer.

„Na komm, greif auch einmal. Die sind fest und rund. Na, ist das was?" lud Jochen ihn ein.

Er ließ sich dazu nicht zweimal bitten und sie liebkosten so eine Weile ihren Busen, bis sie merkten, dass sie bereits doch sehr erregt war.

„Du ich hab schon einen Steifen. Dieser Busen regt mich immer auf. Wie geht's den dir?" fragte Jochen seinen Partner.

„Na, was glaubst du denn! Ich glaub, mir zerreißt's die Hose. Ich ziehe sie einfach aus!" sagte er und streifte sich die Badehose ab. Jochen tat desgleichen und saß dann, ebenso wie Didi, splitternackt vor seiner Frau.

„So, was ist mit dir? Willst du dich nicht auch ausziehen?" fragte er.

„Ich kenn euch beide. Das ist nur ein Schmäh. Jetzt lasst mich in Frieden, ich will das nicht!" wehrte sie wiederum ab.

„Nein, das ist kein Schmäh. Ich habe schon so einen Steifen, dass er schon bald platzt." flüsterte Didi. Er sprach deshalb so leise, weil unten beim Wasser die Blätter der dort wachsenden Weiden raschelten. Vielleicht war es Inge, die ihnen nachschlich und die sollte nicht mitbekommen, wo sie waren.

„Na, das sagt jeder. Und dann ist's nur so ein Gummiwipferl. Lass ihn dort, wo er ist!" flüsterte Gretchen zurück.

Jochen versuchte sie wieder dazu zu bringen, ihr Höschen abzulegen, doch es war nicht möglich.

„Schau halt einmal nach, ob's stimmt. Brauchst ja nur hinzugreifen. Du weißt ja eh, wo er wächst." sagte er zu ihr und führte ihre linke Hand zu seinem Glied. Sofort umschloss sie es.

„Na komm, greif ihn auch beim Didi an. Er beißt nicht!" sagte er, während er ihre Rechte zu ihm hinführte.

Brav umschloss sie Didis Kolben und während Jochen wieder ihre Brüste liebkoste, blickte er zu ihrer rechten Hand. Scheinbar ganz instinktiv hatte sie begonnen, Didis Glied langsam zu wichsen. Er lehnte sich zurück und sie tat weiter.

„Komm, tu die blöde Hose weg. Oder lass

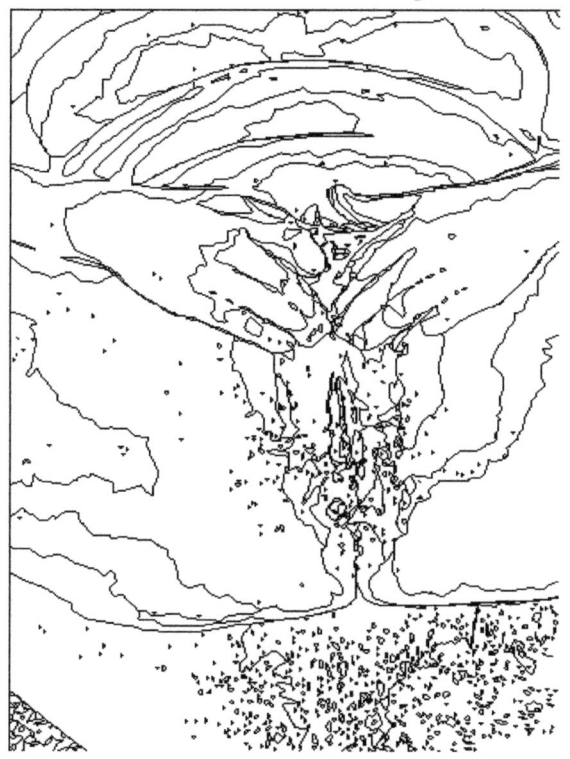

den Didi wenigstens greifen. Jetzt sei doch nicht immer so widerborstig!" sagte Jochen zu ihr, während er wiederum versuchte, ihr das Unterteil abzustreifen. Dabei stieß er allerdings auf Widerstand, denn Didis Hand hatte sich inzwischen zwischen ihren Beinen eingefunden und griff da fleißig. Nach weniger als einer Minute lag sie zwischen den beiden Männern und jetzt war es gar keine Kunst mehr, sie von ihrem Höschen zu befreien.

Sie keuchte bereits erregt und spreizte willig ihre Schenkel. Didi wühlte ordentlich in ihren Schamhaaren und da Jochen von früheren Abenteuern wusste, dass er bekannt für seinen guten Finger war, hatte er seine Frau auch bald so weit, dass sie sich auch vögeln ließ.

Sie hatten sich aber da etwas Besonderes vorgenommen, weshalb Jochen sie auf Didi hob. Ganz selbstverständlich schob sie sein Glied in sich und begann rhythmisch auf ihm zu reiten. Zwei-drei Minuten sah Jochen zu, wie sie sich mit Didis Glied befriedigte, dann bog er sie ganz zu ihm herab, dass ihr Kopf direkt an seiner Schulter lag. Jetzt ragte ihr Arsch gerade richtig in die Höhe und er befeuchtete sein Glied, um tief in ihren Popo eindringen zu können.

Er probierte, aber es wollte nicht so recht klappen. Auch ein zweiter und dritter Versuch führte nicht zum Erfolg, denn trotz der vielen Flüssigkeit, die sie bereits abgesondert hatte und auch etwas Spucke seinerseits wollte das Hineinschieben nicht so gehen, wie er es sollte. Es scheiterte nicht am guten Willen von ihr, sie hielt brav hin, aber anscheinend war er in seiner Erregung doch ziemlich ungeschickt, sodass der Erfolg ausblieb. Endlich konnte er sich nicht mehr beherrschen und er spritzte ihr den Saft direkt auf ihre zuckenden Arschbacken.

Didi und Gretchen waren noch nicht so weit und sie ritt jetzt wild auf ihm. Jochen jedoch war wieder so halbwegs bei Sinnen und auf einmal fiel ihm auf, welch höllischen Lärm sie dabei machten. Er horchte angestrengt in die Nacht, ob nicht vielleicht doch die Inge käme.

Tatsächlich hörte er ein ziemlich verdächtiges Rascheln am Fuß des Hügels und warnte die Zwei sofort. Fast augenblicklich hörten sie auf und setzten sich nebeneinander. Beide waren noch ziemlich atemlos, aber sie lauschten wie er in die Nacht. Endlich war das Rascheln verschwunden und sie schauten sich gespannt an.

„Na, das hätte ins Auge gehen können, wenn das die Inge war. Aber wenn sie's war, dann ist sie jetzt schon dort drüben und hört uns nicht mehr. Wenn wir noch ein Weilchen still sind, dann ist sie schon am anderen Ufer, und wir können unbemerkt zurück." flüsterte Jochen den Zweien zu.

Gretchen stand vor ihm und drehte unschlüssig ihr Höschen in der Hand, Didi saß noch am Boden der Mulde, den Kopf keine zwanzig Zentimeter von ihrer haarigen Muschi entfernt.

„Scheiße! Gerade jetzt! Ich habe noch gar nicht gespritzt!" brummte er.

Weil Gretchen noch keine Anstalten machte, sich anzuziehen, fragte er.

„Darf ich noch einmal ficken? Nur diesmal muss einer aufpassen!"

„Gut, ich mach das. Komm!" sagte Jochen zu seiner Frau und drückte sie an den Schultern sanft nieder. Sie legte sich hin und Didi auf sie. Sie umfing ihn mit den Armen um den Hals und küsste ihn innig. Fast unauffällig öffneten sich ihre Schenkel und Didi glitt wieder in sie. Jochen aber lauschte aufmerksam in die Nacht, während sie leise ihre Nummer schoben. Nur das schwere Atmen durch die Nasen verriet, dass sie voll bei der Sache waren.

Endlich waren sie fertig und sie kleideten sich schweigend an. Vorsichtig schlichen sie vom Hügel herab, leise stiegen sie ins Wasser und schwammen zurück. Wie die Indianer machten sie um den Platz, auf den Inge gelegen hatte einen großen Bogen und kamen von der anderen Seite zurück.

Ihre Vorsicht hätten sie sich sparen können, Inge schlief den tiefen Schlaf des Gerechten. Erst Jahre später gestand sie Jochen, dass sie die drei in dieser Nacht tatsächlich gesucht hatte, aber da sie sie nicht fand, hätte sie sich eben aufs Badetuch gelegt und wäre eingeschlafen. Wie lange sie weg waren, hätte sie gar nicht mitgekriegt.

Was sie wirklich getrieben haben, das verschwieg er ihr natürlich. Aber jedes Mal, wenn er am Baggersee vorbeifährt, schaut er ganz instinktiv hinüber zu dem Hügel. Und es ist ihm, wie wenn er eben gerade noch die zwei schwitzenden Körper zu seinen Füßen spüren könnte.

3. Kapitel
Steckerlfisch!

Die nun folgende Geschichte spielte an einem heißen Sommerabend des Jahres 1982, an dem eigentlich zuerst nichts Besonderes zu bemerken war. Nach getaner Arbeit saßen Jochen und Gretchen beim Abendessen, als es kurz an der Wohnungstür klopfte. Das konnten die Nachbarn sein.

Jochen stand auf, öffnete und vor der Tür stand Inge. Sie war sehr sommerlich gekleidet, mit einem weißen Baumwollkleid und offenen Schuhen und wirkte etwas nervös.

„Wir haben uns unten in der Fischhütte zum Steckerlfisch-Essen mit ein paar Freunden vom Didi verabredet, und jetzt kommt dieser Vogel nicht daher. Könnte ihr ihm sagen, dass wir bereits vorausgegangen sind? Er soll nachkommen. Und ihr, wenn ihr wollt, natürlich auch."

Sie machte einen sichtlich verärgerten Eindruck. Ihre Tochter Manuela, die hinter ihr stand, lutschte mit Genuss ein Eis. Unwillkürlich musste Jochen daran denken, wie kotzübel ihr nach dem Steckerlfisch davon werden würde.

„Natürlich!" sagte Jochen „Aber wir werden keinen Steckerlfisch mehr mögen, wir sind nämlich gerade beim Abendessen. Aber gegen ein kühles Bier ist nichts einzuwenden."

„Prima!" strahlte Inge „Dann sehen wir uns also nachher. Aber treibt den alten Brodler an. Denn immer macht er sich etwas aus und hält es dann nicht ein!"

Sie drehte sich zum Gehen und Jochen schloss die Tür. Seine Frau saß bei Tisch und stocherte lustlos im sauren Rindfleisch vor ihr auf dem Teller.

„Ich möcht' auch einen Steckerlfisch! Das Rindfleisch ist so zäh wie Kaugummi!" raunzte sie.

„Dann lass es stehen und kauf dir nachher einen Fisch. Ich esse es schon zusammen, weil mir schmeckt es." meinte Jochen und ging zum Kühlschrank, um ein Getränk herauszugeben. Doch da hatte er Pech, außer eine Flasche Soda und einer Flasche grüner Veltliner war da nichts Trinkbares zu finden.

„Ich mach dir einen Vorschlag! Wir setzen uns auf den Balkon und trinken einen Gespritzten. Wenn der Didi kommt und bei ihm niemand zu Hause ist, dann kommt er sicher herüber. Da brauchen wir nicht hier in der Küche zu lauern, sondern können uns noch etwas sonnen."

Er hatte das eigentlich ganz ohne Hintergedanken gesagt, nur seine Frau gab noch immer keinen Frieden.

„Aber ich möcht' doch einen Steckerlfisch. Warum gehen wir dann nicht einfach gleich hinunter? Wir hängen dem Didi einen Zettel an die Tür, dann weiß er auch Bescheid. Und wir setzen uns zur Inge."

Sie motzte noch etwas herum, bis Jochen schließlich der Kragen platzte.

„Ich will dir was sagen: Ich habe zugesagt, dass wir warten und damit basta. Und ob du deinen Fisch jetzt hast oder in zehn Minuten, das ist doch sicher egal!"

Das hatte er sehr heftig gesagt und damit den Bogen etwas überspannt, denn sie stand auf und ging beleidigt auf den Balkon.

„So komm Mäuschen, sei nicht so. Ich hab's ja nicht bös gemeint. Aber ich möchte jetzt nicht blöd dastehen. Der Didi kommt bestimmt bald und dann gehen wir hinunter. Aber die paar Minuten kannst du doch sicher noch warten."

Sie aber spielte die Beleidigte weiter und Jochen mixte ihr einen ordentlichen Gespritzten in einem Halbliterkrug, stellte ihn zu ihr auf einen Sessel und ging zurück in die Küche. Dort machte er sich ebenfalls einen kleinen Gewässerten, denn er vertrug das Soda schlecht und begann in einer Zeitung zu lesen. Er wusste, wenn sie beleidigt war, dauerte das eine halbe Stunde, bis sich die Wogen geglättet hatten.

Kaum hatte er den ersten Artikel zu Ende gelesen, hörte er, wie sie ihn rief. Er nahm den Wein und das Soda aus dem Kühlschrank und trat auf den Balkon. Sie lag pudelnackt in der Abendsonne, die Beine leicht gespreizt und deutete auf ihr leeres Glas.

„Bitte füll's nach. Da hat's noch eine saumäßige Hitze. Warum kommst du nicht auch heraus?" fragte sie, jetzt wieder versöhnt. Statt einer Antwort setzte er sich auf den Stuhl, auf den er vorher den Wein gestellt hatte und füllte den Krug wieder zu zwei Drittel mit Wein und einem Drittel Sodawasser. Dann stellte er das Glas neben sie.

„Zeig mir was Schönes!" bat er sie und sie erfüllte seinen Wunsch, indem sie die Beine spreizte bis zum Anschlag. Dabei grinste sie unverschämt. Jochen gefiel dieses Ding, das sie da hatte, immer gut.

„Na wenn das der Didi sehen könnte!" lachte er.

„Und er sieht's auch schon! Grüß Gott beieinander! Wisst ihr, wo meine Leute sind?"

Didi stand in der offenen Balkontür hinter Jochens Rücken und grinste. Gretchen hatte in rekordverdächtigem Tempo ihre Schenkel geschlossen und setzte sich auf der Liege auf.

„Ich möchte wissen, wo der herkommt. Wie ein Geist!" stieß sie hervor. Hastig trank sie aus dem Glaskrug und verschluckte sich dabei.

„Na wo, denn! Durch die Wohnungstür. Ihr solltet doch einmal euer Schloss wechseln. Da braucht man draußen nur gegen die Tür zu drücken, geht der Schnapper auf. Zum Schluss holt euch noch einmal ein Einbrecher." sagte Didi spöttisch.

„Übrigens! Besten Dank für die Vorstellung. War nur etwas kurz, aber ich könnte sie mir als Einladung vorstellen. War's so gemeint?" feixte er.

„Das möchte euch zwei Lustmolchen so gefallen! Nichts da! Heut ist's mir zu heiß. Außerdem möchte ich meinen Steckerlfisch, und zwar plötzlich!" Das hörte sich wild an, aber es war ganz sicher nicht so gemeint.

„Na geh! Wenigstens noch einmal schauen! Und dann marschieren wir!" bettelte der Didi.

„Also, von mir aus. Wenn ich nur zu meinem Fisch komme!" Gretchen zog wieder die Schenkel ganz zurück und zeigte die ganze Pracht. Beide genossen sie einige Sekunden lang den Anblick.

„Schau, wie der Kitzler hervorspringt! Das kann nicht echt sein!" meinte Didi und trat zu ihrem Bett.

„Was soll das? Natürlich ist das echt!" empörte sich Gretchen.

„Darf ich greifen?" fragte Didi, zuerst zu Jochen und dann zu ihr gewandt. Der nickte, Gretchen sagte etwas schnippisch „Bitte sehr!" und Didi setzte sich neben Sie ans Bett. Feinfühlig betastete er sie an den Genitalien.

„Stimmt, ganz schön groß schon. Aber der kann's noch größer. Das weiß ich!" Gretchen versuchte, die Beine zu schließen, doch Didi saß dazwischen. Seine Hand war noch immer an ihrem Geschlecht.

„Was ist, probieren's wir heute wieder einmal?" fragte er Jochen auffordernd, während er sanft Gretchen an ihrer empfindlichsten Stelle massierte. Sie reagierte auch prompt und schloss die Augen. Jochen nickte wieder.

„Aber auf gar keinen Fall da am Balkon. Sonst müssen wir bald Eintrittskarten verkaufen." meinte Gretchen auf einmal wieder ganz sachlich.
„Von mir aus im Schlafzimmer, aber da nicht. Und tummelt's euch, ich möchte' heut noch zu meinem Fisch kommen!"

Fast gleichzeitig standen sie alle drei auf. Gretchen hüllte sich ins Badetuch, auf dem sie gelegen war und ging als erste voraus. Jochen und Didi folgten ihr und zogen sich im Gehen aus. Als sie im Schlafzimmer ankamen, waren die Männer schon nackt bis auf die Unterhose.

„So, ihr zwei Kurzschwanzaffen! Ein Sandwich geht sich bei euch zwei nicht aus, da reicht eure Länge nicht. daher müssen wir's anders machen. Legt euch einmal her!"

Sie legten sich neben sie und streiften ihre Unterhosen ab. Gretchen griff gleich zu, obwohl nicht nötig gewesen wäre, sie in Form zu bringen. Im Gleichklang massierte sie ihre Glieder. Dann beugte sie sich über Didi und nahm seinen Schwengel in den Mund. Dabei musste sie sich natürlich beugen und reckte Jochen ihren Hintern entgegen. Ihm kam eine Idee.

Über dem Bett, auf einem Bord stand eine Dose mit Melkfett. Die nahm er und befettete sein Glied. Dann begann er desgleichen mir Gretchens Poloch zu tun und prüfte schließlich mit dem Zeigefinger die Wirkung des Gleitmittels.

Gretchen war so mit Didis Schwanz beschäftigt, dass sie offensichtlich von seinem Vorhaben gar keine Notiz nahm.

Erst als er begann in sie einzudringen, zeigte sie eine schwache Reaktion. Um nicht das Gegenteil von dem zu erreichen, was er vorhatte, nämlich Gretchen zu einem Genuss zu verhelfen, hielt er kurz inne. Dann begann er vorsichtig weiter in sie vorzudringen. Als er ganz tief in ihrem Hintern streckte, hielt er einige Zeit aus, um sie an den Druck zu gewöhnen. Als er merkte, dass sich ihre anfängliche Verkrampfung löste, begann er sie zu schieben.

Ohne besondere Hast am Anfang, fast ganz heraus, dann wieder bis zum Anschlag hinein, heraus- hinein, heraus- hinein. Langsam steigerte er das Tempo. Bald schon merkte er an ihrem stoßweisen Atem, dass sie es als durchaus angenehm empfand, in den Arsch gefickt zu werden. Der Dumme war nur Didi, denn sie vernachlässigte ihn dabei etwas. Um ihm auch Zeit zu geben, etwas zu genießen, wurde Jochen wieder langsamer und schließlich blieb er bis zum Anschlag in ihr stecken.

Sie reagierte sofort richtig und begann Didi wieder kräftig abzusaugen. Er schloss die Augen und schon bald konnte Jochen bemerken, dass er Anzeichen machte, zum Höhepunkt zu kommen. Daher begann auch er wieder sie zu ficken und tatsächlich gelang es ihnen, gleichzeitig abzuspritzen. Didi in ihren Mund und Jochen in ihren Po. Gretchen brauchte noch etwas, daher griff ihr Didi zwischen die Beine und massierte ihren Kitzler, während Jochen mit dem letzten Aufgebot an Manneskraft in sie stieß. Tatsächlich schaffte auch sie so noch den Orgasmus.

Verschwitzt wie sie waren, blieben sie erschöpft auf dem Bett liegen. Nun hatte aber Gretchen ein sagenhaftes Stehvermögen und schon bald bandelte sie wieder mit den Zweien an. Sie nickten sich zu und Didi bestieg sie als Erster. Wild fickte er sie in ihr triefendnasses Fötzchen und ihr gefiel's sichtlich, denn sie verkrallte sich in seinen Oberarmen mit ihren Nägeln.

„Na servus, der wird am Abend was zum Erklären haben, wenn die Inge die Bescherung sieht!" dachte Jochen bei sich, während er hinter den Beiden saß und dem nimmermüden Gleiten von Didis Schwanz in ihrer Möse zusah. Endlich entlud er sich und wie bei einem Stafettenlauf schwang er sich von ihr. Sofort nahm Jochen seinen Platz ein. Auch er tat sein Bestes, jedoch es gelang ihm nicht, sich so lang zurückzuhalten, bis auch Gretchen zum neuerlichen Orgasmus kam. Er füllte sie an bis zum Rand.

Jetzt war es Kavalierspflicht, sie noch zufriedenzustellen und tatsächlich brachte Didi nach der kurzen Zeit noch einen ansehnlichen Steifen zustande. Er legte sich auf Gretchen und rammelte wie wild in sie, bis sich schließlich ein Urschrei aus ihrer Brust löste, der anzeigte, auch sie war gekommen.

Nach einigen Minuten Ruhe standen sie auf und gingen ins Wohnzimmer. Die Sonne war inzwischen untergegangen, es war angenehm kühl geworden. Die beiden Männer blödelten noch mit Jochens Frau herum. Dabei führten sie ihr nur so zum Spaß eine Stumpenkerze in die Scheide ein, welche auch tatsächlich passte.

Sie saß nun mit angezogenen Beinen auf der Wohnzimmerbank, den Schlafrock neben sich, und trank einen Schluck Rotwein, den Didi ihr gereicht hatte, als plötzlich die Wohnungstür mit lautem Ruck aufsprang. Inge trat ohne Vorwarnung ein.

Jochen hatte einen Bademantel an und eilte Inge deshalb entgegen, um sie aufzuhalten.

Gretchen zog hastig ihren Bademantel an, in der Eile leider verkehrt, sodass die Nähte auswärts waren und Didi hatte sich hastigst wieder in das Schlafzimmer zurückgezogen, wo er sich ankleidete.

„Wo ist der Didi, dieses Mistvieh! Lässt uns da unten sitzen, bis wir schwarz werden, und sitzt da bei euch herum! Ich möchte wissen, wo er die Frechheit hernimmt, sich so Zeit zu lassen. Wo ist er überhaupt? Sein Wagen steht ja draußen."

„Du, ich glaub, der ist gerade ins Bad gegangen, weil er mir geholfen hat, den Grill für Sonntag herzurichten. Er wäscht sich gerade die Hände. Ich hab eben geduscht. Setz dich her, wir sind sofort fertig." sagte Jochen scheinheilig.

Inge steckte den Kopf beim Wohnzimmer herein, und nickte Gretchen kurz zu. Dann kam der Didi bereits fixfertig geschniegelt, mit tatsächlich gewaschenen Händen aus dem Zwischenflur ins Wohnzimmer.

„Was regst du dich auf? Wir haben nur kurz den Grill hergerichtet. Oder willst du am Sonntag am See die Würstel am offenen Feuer braten?"

Er hatte gehört, was Jochen ihr erzählt hatte und blitzartig geschaltet. Geduldig nahm er auch die Vorhaltungen Inges, die jetzt folgten hin, während Jochen noch im Bademantel unter der Tür stand und innerlich lachend zuhörte.

Gretchen saß einstweilen mit dem umgedrehten Bademantel, der sich nicht einmal zumachen ließ und mit der eingeführten Stumpenkerze still auf der Bank. Sie schwitzte Blut, dass Inge ihr etwas zerrütteter Zustand auffallen könnte und so die ganze Schandtat auffliegen würde. Aber die dachte gar nicht daran gründlich hinzuschauen. Endlich hakte sie den Didi unter und zog mit ihm ab, Richtung Fischhütte.

Als die Wohnungstür geschlossen war, lachten beide Schneiders richtig herzhaft. Binnen ein paar Minuten war Margret von ihrer Innenlast befreit, umgezogen und abmarschbereit. Auch Jochen hatte sich rasch angezogen und etwas zivilisiert. Dann gingen sie den Zweien gemütlich nach.

Es wurde noch ein sehr netter Abend, bei dem sich die drei noch gelegentlich zuzwinkerten. Aber als sie dann um Zwölf nach Hause zogen, fielen sie wie die Steine ins Bett und schliefen sofort ein. Sex hatten sie an jenem Abend keinen mehr nötig.

4. Kapitel
Dartpfeilschießen mit Gretchen

Im Jahr 1977 kam ein Freund von Jochen
Schneider auf die Idee, sie sollten sich so
eine Art Umteufel-Bude zulegen, das heißt,
irgendein entlegenes Objekt, in dem man
Feste feiern, Orgien abhalten und auch
einmal ein paar gemütliche Stunden alleine
verbringen konnte. Es sollte nicht zu weit
von der Stadt, aber trotzdem in
uneinsehbarer Einzellage liegen, finanziell
erschwinglich sein und sich womöglich in
einem Zustand befinden, dass man trotz
allem urigen Ambiente doch die
Möglichkeit hatte, individuell zu gestalten.
Sie machten sich damals auf den Weg und
suchten die Gegend im weiteren Umkreis
ihrer Stadt ab. Bereits nach einigen Tagen
wurden sie fündig. Und dieses Objekt,
obwohl total vergammelt und für reine
Wohnzwecke eher unbrauchbar, war genau
das, was sie suchten. Auch die monatliche
Belastung war eher vernachlässigbar, es
kostete nämlich monatlich kaum
fünfhundert Schilling. Dazu kam noch so an
die einhundert Schilling Stromrechnung,
also keinesfalls die Welt. Es war ein altes
Bauernhaus, ein kleiner Vierkanter, eben

gelegen und von Feldern umgeben. Das nächste Haus stand gute fünfhundert Meter weit weg und es war nicht einsehbar.

Allerdings waren die Instandsetzungskosten nicht ohne, aber mit viel handwerklichem Geschick und persönlichem Einsatz gelang es ihnen, daraus eine durchaus wohnliche „Wanzenburg", wie der Freund es liebevoll einmal bezeichnete, zu machen. Gerade als Jochen das erste Mal für eine vorläufige Inspektion da hinausging, kam ihm zum Bewusstsein, welche Menge an Arbeit, Dreck und Kosten ihnen da ins Haus standen. Aber wer A sagt, muss auch B sagen.

Jochen war damals geschieden und hatte wechselnde Partnerschaften, jedoch keine fixe Freundin. Das machte sich bei so manchen Dingen des Lebens, so auch hier, etwas unangenehm bemerkbar.

Eine Frau wäre hier sehr von Vorteil, die mit sicherer Hand Ordnung schaffen würde. Und, welch gütige Fügung des Himmels, gerade damals lernte er das Gretchen, seine spätere Frau kennen. Sie engagierte sich sofort und sie schaffte es mit zähem Eifer, daraus eine gemütliche Wochenendbleibe zu machen.

Gemütlich, ja das war's. Und wie gesagt, auch äußerst diskret. Alleine mit den

Geschichten, die sich dort abgespielt haben, könnte man ein dickes Buch füllen. Eine davon soll hier erzählt werden. Und wer ist in dieser Geschichte wiederum die Hauptperson? Natürlich das Gretchen.

Sie spielt im Sommer 1982, gerade zu jener Zeit, als Gretchen und Jochen fast ständig mit dem Didi und der Inge zusammensteckten. Nur die Inge, die war so ein eigenes Muster. Prüde und ständig auf der Lauer, dass ja nichts passierte, für das man sich vielleicht später schämen oder gar entschuldigen müsste. Was blieb dem armen Didi da übrig, als ohne sie das Leben zu genießen? Na eben, sonst wäre auch er ein alter Sauertopf geworden.

Gretchen und Jochen hatten mit dem Didi schon einige Erlebnisse gehabt, daher waren sie auch nicht scheu. Aber manchmal kam es doch noch vor, dass eine Sache eine Eigengesetzlichkeit entwickelte, über die man im Nachhinein sich eigentlich nur wundern konnte. Dieses Mal war es so. Und das kam folgendermaßen:

Gretchen und Jochen hatten sich vor einiger Zeit auf ihrem Bauernhof Hühner zugelegt. Ein Tribut an die damals grassierende Idee vom glücklichen Landleben. Eine Spinnerei von ihnen, die daraus entstand, dass Gretchen rein zufällig und ohne Absicht in eine Hühnerbrutanstalt kam. Dort wurde sie mit der Tatsache konfrontiert, dass bei Legehühnern die bei der natürlichen Zucht entstehenden Hähne schlicht und einfach vergast wurden, da man sie ja wegen der schlechten Fleischqualität nicht brauchen konnte. Gretchen rettete vier Hahnenküken das Leben. Später kamen dann noch fünfzehn Legehennen und zwei Enten dazu. Diese Hühner mussten aber tagtäglich gefüttert werden und so fuhren sie eben jeden Tag fünfzehn Kilometer hin und fünfzehn Kilometer zurück, um ihre Menagerie zu versorgen. An einem heißen Spätsommertag machten sie mit Didi und Inge aus, dass sie am späten Nachmittag zum Bauern auf einen kühlen Most und eine Jause gehen würden. Nur sie müssten zuerst ins Bauernhaus die Tiere versorgen. Doch Jochens Wagen streikte, er sprang einfach nicht an. Hilfreich bot Didi sich an, sie hinauszubringen.

Während Gretchen die Hühner fütterte, begannen Didi und Jochen eine Partie Wurfpfeil zu spielen. Jochens Freund und Mitnutzer des Hofes hatte alles dort hängen gelassen, als es zu regnen anfing. Jahr und Tag spielte niemand damit, durch Zufall hing es mitten im Hof an der Wand des Heustadels. Jochen und Didi, beide, ungeübt in der Kunst des Dart-Werfens, bar der genauen Regeln, versuchten da ihr Glück. Sie hatten vor, bis einhundert zu werfen und dann, wenn die Partie entschieden war, wieder zu fahren.

Nun, das Glück war keinem von beiden hold und sie kamen nur langsam vom Fleck. Da erschien Gretchen wieder, nahm einen Pfeil und traf damit ins Volle. Auch der nächste und der übernächste Pfeil saßen sehr gut und so beschloss sie, mit den zwei Männern um die Wette zu werfen. Sie bot denen an, dass sie, sollten sie verlieren, irgendetwas Widriges, was genau ist heute nicht mehr erinnerlich, für sie tun müssten. Als Gegenleistung bot sie auch etwas an, was die zwei Männer aber, in Anbetracht der guten Würfe von vorhin und der mangelnden Nützlichkeit für sie, eigentlich gar nicht reizte. Sie lehnten daher ihr Angebot, das Spiel abzubrechen, neu anzufangen und sie mitspielen zu lassen kurz ab.

Es juckte sie aber sehr, die Männer zu besiegen, und daher kam eine kuriose Wette zustande. Würde einer von den zwei Männern Erster, dann wäre sie geneigt, sich die Brüste mit blauer Farbe anstreichen zu lassen. Würde sie jedoch siegen, dann müssten sie nackt in den Teich neben dem

Haus hüpfen. Diese Wette war für Didi und Jochen eher akzeptabel, daher nahmen sie sie an. Zwar war ein Bad in dieser Dreckpfütze sicher kein reines Vergnügen, doch die Unannehmlichkeit hielt sich im Vergleich zu dem Siegespreis in Grenzen. Außerdem gab es ja Wasser zum Abwaschen.

Es wurde eine heiße Schlacht, in der es Jochen gelang, durch zwei Glückstreffer zu gewinnen. Und gewertet wurde natürlich einzeln. Gretchen kochte vor Ehrgeiz. Das sollte ihr bei der nächsten Runde nicht mehr passieren! Die Männer waren aber, angesichts des Wissens um ihre Schwäche, eigentlich gar nicht geneigt, eine zweite Runde zu riskieren. Da bot sie an, sie dürften sich noch etwas wünschen, Ihr Einsatz allerdings bliebe gleich. Aber nichts Extremes, bat sie sich aus.

Na, wie wär's denn vielleicht mit einem kleinen Blaserl, Hm? Nein, das wurde abgelehnt. Aber, so regte sie an, es bestand die Möglichkeit, sie von ihrem üppigen Buschen unten zu befreien. Das wär doch was, oder? So lautete denn die Wette, dass, sollte sie nicht Erste werden, sie sich einer Intimrasur zu unterziehen hätte. Würde sie aber gewinnen, stünde ihr der Genuss zu, die nackten Männerkörper im Ententeich versinken zu sehen. Ein fairer Handel, sozusagen.

Jochen und Didi warfen wieder am Anfang nicht besonders gut, während Gretchen die längste Zeit klar in Führung lag. Da gelang Didi ein toller Wurf, mit dem er sich in Führung brachte und diesen Vorsprung auch knappest bis zum Ende hielt. Jetzt kannte Gretchens Ehrgeiz keine Grenzen mehr. Die nächste Wette war daher ganz im Sinn von Didi und Jochen. Sollte sie verlieren, würde sie jedem von ihnen einen blasen. Sollte sich aber das Wettglück gegen die Männer wenden, müssten sie nackt in das nahegelegene Gasthaus laufen und eine Portion Eis für jeden holen. Na, bitte, man mochte gar nicht daran denken, was da gewesen wäre.

Aber auch in dieser Runde gelang es den Beiden, Gretchen deutlich zu distanzieren. Das hatte sie nun davon! Jetzt ging's ans Bezahlen. Da ja eigentlich alles, was sie zu bieten hatte, den Männern gehörte, holten sie sie rasch aus dem Gewand. Doch sie weigerte sich, die Wetten im offenen Hof einzulösen, denn es hätte ja jederzeit jemand kommen können. Jochen und Didi sollte es darauf nicht ankommen, sie gingen mit ihr ins Haus und sperrten außen zu.

Um ihr etwas Mut zu machen, bekam sie vorher noch zwei Gläser Wein, und auch die Männer tranken ein jeder zwei Gläser da- von.

Dann mussten sie feststellen, dass nur blauer Lack vorhanden war. Der war natürlich nicht leicht entfernbar, daher erhob Jochen gegen die Einlösung der ersten Wette Einspruch. Sie wurde vertagt, bis geeignete Farbe aufgetrieben wurde. Bis heute ist sie noch offen.

Dann kletterte Gretchen auf den Tisch, legte

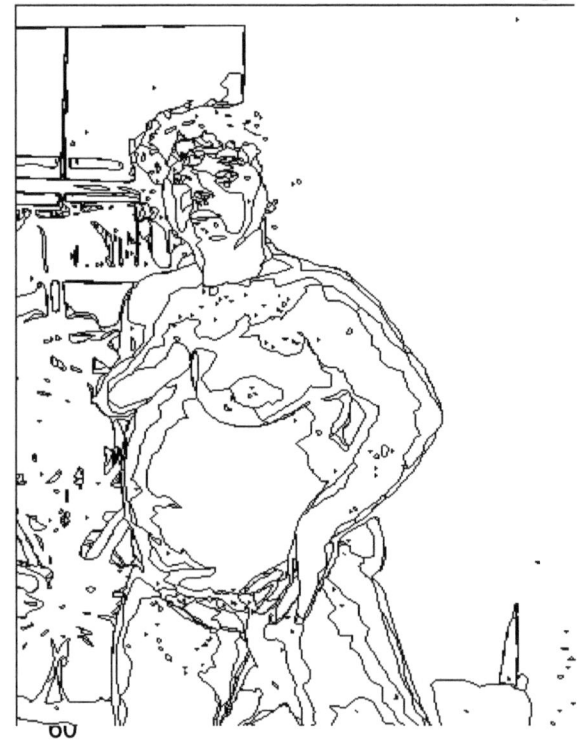

sich hin und Didi begann mit der Rasur. Schon bald aber stellte sich heraus, dass er als Friseur nicht in die Annalen eingehen würde. Jochen übernahm daher die schonende Entfernung von Gretchens Schambehaarung, allerdings bot sie dabei jeden gewünschten Einblick, sodass auch Didi voll auf seine Rechnung kam.

Zuerst wurde noch einmal gründlich nachgeseift, bis alles gut gleitfähig war. Die Klinge sollte ihr empfindliches Genital nicht verletzen. Dann begann ihr Mann das, was Didi verbrochen hatte, gründlich von überschüssigen Haaren zu reinigen. Nach und nach arbeitete er sich in die empfindlichen Zonen vor. Nachdem er den Schamhügel gründlich rasiert hatte, kamen die Seiten der großen Schamlippen dran. Hier war es etwas heikel, denn da diese ja besonders weich sind, findet die Klinge keinen Widerstand und kann daher die Haare nur nach mehrfachen Durchgängen wirklich gründlich entfernen. Dann kam das heikelste Stück, nämlich die Grenze von den großen Schamlippen zum tatsächlichen Genitale. Einerseits sitzen hier die lästigen feinen Haare, andererseits durfte man hier absolut nicht niederhalten. Zum Schluss kam dann noch die Gegend um den After.

Auch hier war wegen des reichen Gefühlslebens äußerste Vorsicht geboten.

Aufmerksam sah Didi zu, wie Jochen Gretchens Scham sorgfältig und schonend behandelte und enthaarte. Nachdem Jochen sich sicher war, dass alles gründlich rasiert war, wischte er den restlichen Rasierschaum mit einem Handtuch vorsichtig ab und nun lag die ganze Pracht vor ihnen. Gretchen breitete ihre Schenkel weit aus, damit sie wirklich alles sehen konnten. Endlich klappte sie diese wieder zusammen und stieg vom Tisch.

„So, und jetzt kommt die Arbeit!" sagte Grete etwas resignierend, als sie auf dem Boden stand. Die beiden Verbündeten nahmen sie bei der Hand und gingen mit ihr in ein nebenliegendes Zimmer, in dem ein großes Doppelbett stand. Didi zog sich bis auf die Unterhose aus und legte sich darauf. Margret kniete sich neben ihn und fing seinen Schwanz aus der Hose.

Schlapp lag der da in ihrer Hand und sie begann erst damit, ihn langsam zu wichsen. Nachdem sie die Vorhaut einige Male vor und zurückgeschoben hatte, begann der Schwengel zu wachsen. Jetzt erst beugte sie den Kopf vor und nahm ihn in den Mund. Gefühlvoll lutschte sie, ließ ihre Zunge um seine Eichel kreisen, nahm ihn ganz tief in den Mund und saugte.

Ihr Mann stellte sich hinter sie und hatte finstere Absichten. Wenn sie gerade gut in Fahrt war, wollte er sie, ergänzend, so wie er vorher mit Didi ausgemacht hatte, in den Arsch schieben. Das ging manchmal problemlos, doch diesmal durchschaute sie seine Absicht und sie hatte so gar keine Lust dazu. Mit einer unwirschen Handbewegung, ohne allerdings ihre kunstvollen Verwöhnungen zu unterbrechen, verscheuchte sie Jochen von ihrem Hintereingang.

„Mach's mir mit dem Finger!" schaffte sie an. Was soll's, sie war hier der Chef, ohne sie ging gar nichts. Jochen führte ihr daher zwei Finger in die Scheide ein und fuhr hier heftig hin und her. Bald schon merkte er, dass auch sie Lust verspürte. Sie atmete schwer und wurde etwas aus dem Konzept gebracht. Um aber Didi nicht seinen Genuss zu verderben, indem er sie zu sehr ablenkte und sie ihn womöglich noch in den Pimmel biss, verlangsamte Jochen seine Bemühungen. Gretchen hielt sich auf einem gewissen Niveau, das ihr einerseits ermöglichte, doch etwas zu spüren, andererseits ihr Handwerk zu vollenden.

Sie ließ sich Zeit, sie ließ Didi richtig zappeln. Er hatte die Augen geschlossen, um sich ganz der Wollust hinzugeben. Gretchen verwöhnte ihn mit der Zunge, leckte seinen Schaft und auch seine Eier, fuhr mit der Zungenspitze wieder die empfindliche Unterseite seines Gliedes hinauf und dann schlossen sich ihre Lippen wieder über seiner Eichel. Sie saugte gefühlvoll, steckte sich fast das ganze Glied in den Mund um es danach sofort wieder bis fast zur Spitze herauszulassen und begann dann sofort das Spiel wieder von vorne. Dabei beobachtete sie aber Didis Gesicht genau, um zu sehen, wie er reagierte. So ging das Spiel fast zehn Minuten lang.

Didi trieb jetzt auf den Orgasmus zu. Er verzog sein Gesicht zu einer Grimasse und keuchte.

„Ich muss jetzt spritzen!" presste er heraus.

Gretchen wollte schon seinen prallen Schwanz aus dem Gefängnis ihrer Lippen entlassen, doch Jochen streichelte sanft ihren Kopf.

„Sie lässt sich sicher in den Mund spritzen!" sagte er gönnerhaft. Und Gretchen entsprach seinem Wunsch und nahm die volle Ladung in ihren Mund auf. Allerdings spuckte sie sie dann, nachdem der letzte Tropfen aus Didis Eichel entwichen war, wieder auf seinen Bauch zurück. Didi dürfte das aber erst nachträglich bemerkt haben, als er sich das Hemd anzog.

Wie immer kam ihr Mann aber auch bei dieser Aktion etwas zu kurz. Bei Didi war's Vergnügen, bei ihm Pflicht. Und die macht bekanntlich keinen Spaß. Sie fertigte ihn mit einem:

„Du kommst ein andermal dran, heute freut's mich nicht mehr. Außerdem ist es schon so spät. Die Inge wartet sicher schon!" ab.

Jochen war, wie stets in solchen Fällen, beleidigt. Aber was half's, sie hatte ja irgendwie recht. Er konnte sich ihrer ja jederzeit sonst bedienen. Dass es allerdings gerade jetzt, wo doch ein gewisser besonderer erotischer Kitzel vorhanden war, besonders schön für ihn gewesen wäre, das hat sie nie verstanden und es wird ihr auch immer ein Buch mit sieben Siegeln bleiben.

Sie zogen sich schließlich rasch an und fuhren zurück in die Stadt. Gretchen hatte nicht zu Unrecht vermutet, dass Inge schon wartete, denn sie hatten satte zweieinhalb Stunden benötigt, um ein paar Hühner zu füttern.

Sie begründeten ihr langes Ausbleiben irgendwie, jedoch nicht sehr schlüssig. Aber Inge, die an Kummer gewohnt war, hinterfragte nichts. Und trotz allem blieb dieses Dartschießen ein unvergessliches Erlebnis für alle drei. Noch Jahre später, wenn sie sich zufällig trafen, war es ein Gesprächsthema und sorgte nachträglich für Heiterkeit.

5. Kapitel
Hüttengaudi

Sie waren den Berg hochgekrochen, anders wird man es wohl kaum bezeichnen können, und klopften sich den Schnee von den Moonboots. Es war eine verrückte Idee, geboren aus einer Laune, mit einem so ungeeigneten Schuhwerk auf den Berg zu gehen. Doch was soll's, jetzt war es geschafft.

Gretchen, ihr Mann Jochen, die Nachbarn Inge und Didi, kamen an einem wunderschönen Winternachmittag auf den Wahnsinnsgedanken, eine Bergpartie zu machen. Vollkommen ungefährlich, die Aspaltstraße geht bis fast zur Hütte. Man braucht da gar keine Bergschuhe, normale Moonboots genügen. So sagte Didi.

Jetzt waren sie an der Schutzhütte angelangt und traten ein. Sie setzten sich erschöpft nieder. Natürlich war das nicht so gegangen, wie von Didi erzählt, es war rutschig, es ging steil bergauf und die Asphaltstraße hörte drei Kilometer vor der Hütte auf. Da muss man verstehen, dass alle von der Anstrengung etwas mitgenommen waren.

Es waren fünf Tische in der Stube, alle waren besetzt. Den Großteil der Leute kannten sie von früheren Besuchen flüchtig, was jedoch auf dem Berg egal ist, denn dort hat jeder jeden zu kennen. Basta. Und über 1000 Meter ist man per du! Ein toller Brauch!

Sie waren zu viert. Und sie wären gern zusammen an einem Tisch gesessen. Inge war damals knapp fünfunddreißig, Jochen war dreiunddreißig Jahre alt. Das repräsentierte sozusagen das hohe Alter. Inges Freund, der Didi war damals dreiundzwanzig und Gretchen auch. Das war die Jugend.

Keiner von denen hatte eine Ahnung, was da heroben bald losgehen würde, aber es ließ nicht lange auf sich warten. Einer der Anwesenden hatte Geburtstag und spendete allen, die sich oben auf der Hütte aufhielten, eine gebratene Forelle. Zwar machte sich Jochen nicht viel aus Süßwasserfischen, doch hier machte er eine Ausnahme. Dazu floss Weißwein und Rotwein in Strömen, sodass es ein ausgesprochen gemütlicher Abend wurde. Nicht zuletzt trugen ein Mann mit einer Ziehharmonika und einer mit einer sogenannten Saugeige sehr zur

Unterhaltung bei. Es wurde gesungen, gespielt und gesoffen wie in alten Zeiten.

Um ungefähr halb zwölf endete der Spaß und jene, die noch auf der Hütte blieben, begaben sich in die Schlafkammer. Dort gab es ein doppeltes Matratzenlager und der ganze Haufen legte sich besoffen hin. Es gab keine lange Diskussion, jeder legte sich, wie er wollte, Platz gab's genug.

Inge lag am rechten Rand bei der Außenwand, dann kam der Didi und Gretchen lag in der Mitte zwischen Didi und Jochen. Der wollte nicht so gerade liegen, weshalb er sich dann mehr zum Fußende der Liegestatt verkroch. Ihm war nicht besonders gut auf den Fisch hin und er wollte lieber nichts riskieren. Die liebe Inge wanderte dann nach einer halben Stunde aus, denn der Didi gab, nach ihren Unmutsäußerungen zu schließen, keine Ruhe. Obwohl Jochen bereits eingeschlafen war, wurde er von dem Rütteln und lauten Geschimpfe rund um ihn wieder wach. Endlich fand Inge einen neuen Platz am Kopfende und es kehre wieder Stille ein.

In diesem Betten-Stockwerk waren jetzt nur noch zwei weitere, beträchtlich ältere Herren, die bereits den Schlaf des Gerechten schliefen. Sie lagen auf der linken Seite der Bettstatt. Es war eine helle

Nacht, Vollmond schien und rundherum war alles weiß. Man konnte daher keinesfalls von Dunkelheit sprechen. Jochen machte das eigentlich nichts aus, denn er hatte damit keine Probleme, bei Licht zu schlafen. Nur das Kopfende war so zirka einen Meter in Dunkelheit gehüllt. Dort war Mondschatten, sozusagen.

Es dauerte nicht lang und Jochens Nachtruhe wurde, ehe er noch wieder richtig eingeschlafen war, neuerlich gestört. Diesmal war es ein heftiges Getuschel. Inge schied diesmal aus. Er konnte ihren Atem pfeifen hören, denn sie hatte einen leichten Zahnfehler. Die zwei Alten schnarchten, und in der unteren Etage war schon lange Ruhe. Er drehte sich daher um und öffnete die Augen. Jetzt war Ruhe.

Jochen schloss die Augen wieder und bald war dieses Getuschel wieder da. Jetzt schaute er vorsichtig und wurde Zeuge eines versteckten Ringkampfes. Didi versuchte, Gretchen zu begrapschen und die wehrte ab.

„Hast du einen Vogel, Mann? Da liegen zehn Leute rundherum und du gibst keine Ruhe. Nimm da deine Pfoten weg! Wenn die munter werden, gibt's einen Wirbel!" flüsterte sie erregt.

Didi aber dachte scheinbar nicht daran, weshalb sie mit beiden Händen seinen rechten Unterarm ergriff und von ihr wegstieß.

„Jetzt sei nicht so blöd! Gib Ruhe, sag ich!" hörte er wieder.

Didi tat ihr den Gefallen nicht, er packte sie diesmal an der Brust.

„Komm, jetzt sei nicht so! Ich will ja nur ein bisserl was g'spüren!" keuchte er leise.

Sie versuchte sich wieder zu befreien.

„Da schau, der Jochen hat sich schon gerührt. Komm, gib jetzt Ruhe!" und sie stieß seine Hand wieder weg.

„Pass auf! Ich mach dir einen Vorschlag. Du lässt mich einmal greifen, dann bin ich ruhig und schlafe." Und tatsächlich zog er kurz seine Hand zurück.

Gleich darauf flüsterte er wieder:

„Was ist? Nur ein bisserl, und dann hast du deine Ruh und ich auch. Also?"

Jochen hörte einen tiefen Seufzer.

„Du bist eine Nervensäge. Na, gut, dann greif. Aber dann ist Ruhe. Verstanden?" und sie hob die Hüften an, damit er leichter Zugang hatte.

„Scheißdreck! Bei deinem Gürtel zwickt man sich die Finger ein. Kannst du ihn nicht aufmachen?" hörte Jochen ein paar Sekunden später.

„Von mir aus! Aber weck niemanden auf."

„Kannst du nicht gleich die Hose ausziehen? Schau, die anderen haben sich auch ausgezogen. Da, greif!" Und er nahm ihre Hand und führte sie zwischen seine Beine. Dort war tatsächlich nur eine Unterhose, das wusste Jochen, denn alle, außer seiner Frau, hatten nur Leibchen und Unterhose an. Nur sie hatte die Jeans anbehalten.

„Was soll das, wozu drückst du mir deine Stinknudel in die Hand?" fragte sie gereizt.

„Nur so. Was ist, ziehst du jetzt die Hose aus?" fragte er sie wieder.

„Du nervst! Wenn ich da jetzt herumturne, werden die anderen alle wach. Ich drehe mich um und du ziehst sie mir hinunter. Ich strample sie dann ab. Aber wir haben ausgemacht, du gibst dann Ruhe! Ist das klar?"

Didi rückte ein wenig von ihr ab und sie drehte sich um. Jochen hörte, wie sie die Gürtelschnalle löste und dann zog ihr Didi die Jeans ab, und zwar ganz. Aber er muss wohl ein wenig zu tief gegriffen haben, denn mit der Jeans ging auch das Höschen mit.

„So Freund, so haben wir nicht gewettet. Jetzt kannst du mich gern haben. Gib meine Decke her, so nackig bleib' ich nicht da liegen. Und du gibst jetzt Ruhe, ich bleib so liegen, wie ich bin."

Damit nahm sie die Decke auf und deckte sich zu. Jedoch nur vielleicht eine Minute war es ruhig, dann begann der Zirkus wieder.

„Du bist wohl ein Oktopus! Der Kerl hat acht Hände! Wirst du jetzt ...."

„Da hast gesagt, ich darf greifen, und jetzt spielst du die Beleidigte!" beschwerte er sich..

„Ja, von Greifen war die Rede. Nicht von Ansetzen! Pass auf ..."

Ihre Rede wurde von Inge unterbrochen, die sich jetzt zur Wand hin umdrehte. Sekunden später hörte man wieder ihren Atem pfeifen.

„Gib deine Nudel da weg! Ich reiß sie dir sonst aus! Sag einmal, spinnst du! Die werden noch alle wach und dann haben wir den Salat." Sie riss sich die Decke weg.

„Du hast gesagt ...." begann er wieder.

„Du hast gesagt, du hast gesagt! Da, von mir aus, greif! Aber dann will ich meine Ruhe haben!" zischte sie echt böse. Und sie legte sich mit gespreizten Beinen hin und Didi begann zu greifen. Nach einigen Sekunden klappte sie die Beine zu und seine Hand war zwischen ihren Schenkeln gefangen.

„So, das war's! Und jetzt wird geschlafen!"
sagte sie, und versuchte, seine Hand
zwischen ihren Beinen herauszuziehen.
Leider gelang ihr das nicht ganz so, wie sie
sich das vorstellte.
„Fahr mir noch ein paar Mal mit der
Vorhaut hin und her!" bettelte er.
„Ja, und noch was! Geh zur Inge! Für das
ist sie da!" hörte Jochen seine Frau sagen.
„Das glaubst nur du. Komm, ich bin heute
so geil. Nur ein paar Mal!"
„Ist dann Ruhe?" fragte sie wieder.
„Ja, dann geb' ich Ruhe!"
„Versprochen?"
„Versprochen!"
„Gut! Dann halt' deinen Zipf her! Eins,
zweei, dreei, viiier füüünf, seeechs,
siiieben, aaacht, neeeeun, zeeehn!So, das
war's! Und jetzt ist Ruhe."
Doch Didi dachte nicht daran.
„Noch ein bisserl greifen. Komm, sei nicht
so! Du hast zuerst gar nicht richtig
hingehalten!"
„Du spinnst wohl! Du hast gesagt..."
entrüstete sie sich.
„Ja, aber du hast viel zu bald aufgehört.
Und du hast mich auch nicht richtig greifen
lassen. Komm, zwei Minuten. Jetzt
kommt's darauf auch schon nimmer an!"
meinte er logisch.

„Zwei Minuten! Ich glaube, dich hat's. Nichts da! Jetzt ist Frieden! Der Hans hat aufgehört zu schnarchen! Komm!" Und sie versuchte wieder, seine Hand zwischen ihren Schenkeln herauszubekommen. Es gelang nicht.

„Du bist wahnsinnig! Komm, lass den Blödsinn! Ich bin schon ziemlich müde!" bettelte sie jetzt..

„Zwei Minuten! Komm!" Und tatsächlich gelang es ihm, ihren Widerstand zu überwinden. Sie öffnete wieder ihre Schenkel, und er begann an ihr herumzufummeln.

Jochen konnte genau seine Hand im hellen Mondlicht beobachten. Weiter und weiter breitete sie ihre Beine und auf einmal glaubte er nicht recht zu hören. Ihr Atem begann schwer zu gehen.

„So, jetzt ...." hörte er sie keuchen.

„War noch nicht einmal eine Minute! Ich hab auf die Uhr geschaut!" gab er zur Antwort.

„Weil ... du.. das....eh.. siehst.... jetzt!" stieß sie hervor. Dann:

„Nichthhhh! Bitte, hör jetzt auf!" keuchte sie.

„Gleich, wenn du mir noch ein wenig den Schwanz massierst. Nur mehr eine halbe Minute."

Gab er ihr zur Antwort.

Tatsächlich griff sie hinüber unter seine Decke und begann mit der Hand hin und her zu fahren. Er jedoch verstand anscheinend sein Handwerk, was sie durch noch intensiveres Spreizen belohnte.

„Ist das gut?" fragte er.

„Jah! Jaaaah! Aber hör jetzt auf, ich kann nicht mehr!"

Ihre Handbewegungen unter der Decke waren jetzt schon unverhohlen heftig. Plötzlich nahm er seine Rechte von ihr, warf die Decke zurück und schwang sich auf sie. Jochen konnte das schlabbernde Geräusch hören, als sein Glied in sie eindrang.

„Du.. du... du... spinnst! Wenn.. die... uns.... erwischen!" gab sie stoßweise von sich.

Aber Jochen konnte erkennen, dass sich ihre Hände in seinen Oberarmen verkrallten.

„Komm, sei leiser! Du machst ja einen Höllenspektakel!" ermahnte er sie.

Sie ließ es sich aber nicht sagen und er arbeitete in ihr, wie wenn er eine Akkordprämie kriegen würde. Aus-ein-aus- ein--- in nimmermüden Rhythmus glitt sein Bimmel in ihre nasse Möse. Im Mondlicht, keinen Meter von Jochens Gesicht entfernt, konnte er alles deutlich erkennen.

Endlich zeigte ein tiefes, kehliges Stöhnen ihren Orgasmus an. Noch ein paar intensive Stöße, dann spritzte auch er in ihr ab. Erschöpft sanken sie zur Seite.

Inge drehte sich auf den Rücken und begann da leise zu schnarchen. Sonst war auf einmal alles mucksmäuschenstill.

„Ich schwitze wie eine Sau!" keuchte Didi.

„Und ich erst! Hast du was zum Abwischen?" antwortete sie. Er reichte ihr ein Stück Tuch, ich konnte nicht sehen, was es war.

„Du hättest wenigstens fragen können, ob's gefährlich ist!" sagte sie zu ihm vorwurfsvoll.

„Ja, und vielleicht vorher noch ein Bittgesuch verfassen! Das muss schnell gehen!"

Sie streckte sich. „Ich hab immer schon gewusst, dass du ein verrückter Hund bist. Aber sowas! So, aber jetzt schlafen wir. Bis morgen!"

Und sie rollte sich zur Seite.

Von Didi war kein „Gute Nacht!" zu hören, lediglich ein tiefer Schnarcher zeigte an, dass auch er bereits hinüber war. Der

Einzige, der Probleme mit dem Schlafen hatte, war Jochen. Und wenn er nicht aufgepasst hätte, dann hätte er die zwei wahrscheinlich mit seiner Latte aufgespießt.

Der nächste Morgen war ein Traum. Blitzend weißer Schnee, tiefe Nebel im Tal und hier heroben Sonne. Die Hüttenwirtin hatte auch schon eingeheizt und es war schon gut temperiert, als Jochen zum Frühstück ging. Inge saß bereits unten und er setzte sich zu ihr.

Mit einem kurzen Nicken wegen ihres vollen Mundes begrüßte sie ihn.

„Also, du hast heute Nacht pausenlos herumgewetzt! Man hat ja kein Auge zugebracht. Wenn ich mit dir verheiratet wäre, da hätte ich alleine ein Zimmer. So ein unruhiger Geist!" hielt sie ihm vor.

„Tja, manchmal habe ich eben so heftige Träume. Bei uns jungen Männern ist da halt einmal so!" gab er schnippisch zur Antwort.

Er schloss seine Augen, als er ein paar tiefe Schlucke aus seinem Teehäferl machte. Und merkwürdigerweise war ihm, als würde er im Mondlicht etwas sehen, nur was, das wollte er Inge lieber nicht sagen.

Jochen war momentan nicht klar, ob er die vergangene Nacht nicht doch geträumt hatte. Deshalb ging er nach dem Frühstück auf Bitten der Wirtin in den Schlafraum, um die noch herumliegenden Schlafmützen zu wecken. Dabei bemerkte er, dass seiner Frau die Decke weggerutscht war. Ihr blanker Hintern schimmerte ein bisschen drunter durch. Damit war ihm klar, dass nicht er derjenige war, der Inges Nachtruhe gestört hatte. Aber darüber schwieg er als Kavalier.

6. Kapitel
Rosenmontag - oder der Besuch des Schwagers

Gretchen Schneider hatte eine Freundin und diese hatte eine Zwillingsschwester, die Camilla. Die wohnte ungefähr 30 km von ihr entfernt. Zu der Freundin, der Margret, hatten sie und ihr Mann Jochen damals nicht besonders viel Kontakt, nur Gretchen verstand sich mit Robert, dem Schwager von Margret, ganz gut. Den nannten alle nur einfach den Schwager, sodass kaum jemand seinen wahren Namen kannte. Er war ein großer Redner vor dem Herrn, hatte aber Unterhaltungswert.

Gelegentlich trafen sich Jochen und Gretchen mit Camilla und Robert in einem Lokal. Sonst war die Beziehung eher locker. Dieser Schwager war damals so um die zwanzig Jahre alt und bis dahin war es ihm gelungen, dem Wehrdienst zu entkommen. Nun allerdings schlug das Heer zu und er wurde eingezogen.

Weil er in seinem Job als Bauarbeiter damals keine besonderen Berufschancen hatte, verpflichtete er sich beim Militär und bekam dafür eine komplette

Sanitätsausbildung, die er später auch im Zivilleben nutzen konnte.

Nun, vor den Erfolg haben bekanntlich die Götter den Schweiß gesetzt und auch ihm ging es da nicht anders. Er musste durch die normale militärische Grundausbildung und dazu kam er in die Stadt, in der die Schneiders wohnten. Sie boten ihm an, dass er, wenn er Ausgang hätte, bei ihnen vorbeischauen könne, doch bisher war es noch nicht dazu gekommen. Bis zu jenem Rosenmontag. Da hatte er mit seiner Kompanie einen Orientierungsmarsch zu absolvieren.

Prompt vergingen sich ein paar Mann, und der Schwager war mit dabei. Da um zehn die Kaserne zumachte, hätten die Burschen im Freien biwakieren müssen, nur er zog es vor, bei den Schneiders Zuflucht zu suchen. Durfte natürlich keiner wissen, aber was solls.

Er kam also gegen halb elf zu ihnen und Gretchen kochte ihm ein kleines Abendessen. Dann machten sie eine Flasche Wein auf, er jedoch trank lieber Bier, denn das war er von der Baustelle her gewohnt. Auch da war vorgesorgt und so stand einem netten Abend nichts mehr im Weg.

Gretchen und er ließen es sich gut gehen, sie schwatzten und tranken. Jochen jedoch hielt sich zurück, denn er nahm an, dass er den Robert doch noch in die Kaserne bringen müsste. Und da wollte er nicht besoffen sein, denn das war dazumals sehr teuer, wenn man betrunken Auto fuhr.

Schließlich hatte Gretchen fast ein-einhalb Liter Roten getrunken, und Robert trank in dieser Zeit fünf Flaschen Bier. Gut, der Rotwein war nicht besonders stark, weil er eigentlich für einen Glühwein gedacht war, aber trotzdem hatte Gretchen schon einen ziemlichen Schwips.

Wenn der Alkohol bei ihr seine Wirkung tat, dann wurde sie sehr zärtlichkeitsbedürftig. Weil aber Robert von dem Marsch schon etwas angeschlagen war, war er für solche Späße eigentlich nicht aufgelegt. Sie versuchte ihn niederzuschmusen, doch er entzog sich immer ihren Versuchen. Als sie merkte, dass da tatsächlich nichts ging, richtete sie ihm das Bett im Büro ihrs Mannes.

Bett war eigentlich der falsche Ausdruck, es war eine Sitzbank mit abnehmbaren Rückenpolstern und verstellbarem Kopf- und Fußteil. Sie war so leidlich bequem und bis auf eine unangenehme Besonderheit von der noch gesprochen wird, auch gut zum Schlafen geeignet.

Gretchen hatte an dem Tag eine sehr unbequeme Hose angehabt und dazu ein T-Shirt, das zwar farblich gut dazupasste, aber an den Schultern spannte. Deshalb hatte sie sich, nachdem sie das Essen gerichtet hatte, ihr Hauskleid angezogen. Das war bequem und weit.

Als sie so das Leintuch im Gästebett spannte, rutschte das Hauskleid hoch und Robert sah, dass sie darunter nichts an hatte. Da schob es ihm die Augen aus dem Kopf, wie zwei Gurkerl. Das war er augenscheinlich nicht gewohnt. Gretchen tat, als ob sie nichts bemerkt hätte, und machte ihre Arbeit fertig.

Er legte sich jetzt nieder und Gretchen und ihr Mann tranken noch den Rest des Rotweins aus. Das heißt, eigentlich nur ihr Mann, denn Gretchen hatte ja noch etwas im Glas. Sie tratschten noch etwas und Jochen saß mit dem Rücken zur Wohnzimmertür. Gretchen saß ihm gegenüber und hatte das Hauskleid in die Höhe geschoben. Sie saß mit halb gespreizten Beinen auf der Bank, die Sohlen auf der Sitzfläche und zwischen ihren Beinen wucherte es dunkel hervor. Nun, für ihren Mann kein ungewohnter Anblick, für Robert schon. Er war nämlich wieder aufgestanden um Gretchen zu fragen, ob er noch einen Polster haben könnte. Der, den er jetzt hatte, war zu dünn und da drückte sich etwas Hartes durch.

„Aber natürlich!" sagte sie gönnerhaft. „Aber setz dich noch ein wenig zu uns, ich hole dir noch ein Bier."

Und ohne auf eine Antwort zu warten, ging sie in die Küche und kam mit einer geöffneten Bierflasche zurück. Es blieb ihm daher höflicherweise nichts anderes übrig, als zu trinken.

Der Schwager hatte sich auf die Bank gesetzt und Gretchen holte noch einen Polster. Dann sagte sie zu ihm: „Rück etwas rüber, damit ich auch Platz habe!" und setzte sich neben ihn. Genau so, wie sie zuerst gesessen war.

Wieder quatschten sie und Gretchen erzählte ihm von ihrem Nachbarn. Dabei sparte sie nicht mit Details und sie berichtete ihm haarklein, wie sie damals auf dem Bauernhaus Strip-Poker gespielt hatten. Nun, das war ja keine echte Sensation. Im Bewusstsein, nichts zu versäumen, ging ihr Mann auf die Toilette, und als er wieder ins Wohnzimmer kam, schilderte sie gerade, wie es ihr der Didi mit dem Finger besorgt hatte.

Nun war Jochen Schneider zwar bei Gott nicht prüde, aber in dem Fall war er mit solchen Erzählungen gar nicht glücklich. Man weiß ja nie, wann man so etwas auf einmal auf dem Tablet hatte. Er warf ihr daher ein paar warnende Blicke zu. Sie bemerkte diese jedoch nicht oder wollte sie nicht bemerken und fuhr mit der Erzählung fort.

Sie hatte sich damit aber etwas hochgeschaukelt, denn jetzt gelüstete es sie nach Zärtlichkeit. Sie schmuste jetzt Robert richtig nieder. Dem war die Sache sichtlich etwas peinlich, denn er löste sich ein paar Mal aus der Umklammerung, trank hastig sein Bier aus und wollte sich verabschieden.

Plötzlich wusste Gretchen, weshalb er einen zweiten Polster benötigte, denn die Bank auf der er lag, hatte dort beim Kopf einen Mechanismus zur Höhenverstellung. Den konnte man versenken, wenn nicht, störte er beim Schlafen gewaltig. Jochen wusste das, denn er hatte des Öfteren schon darauf geruht und sich darüber geärgert.

„So, ich richte dir das jetzt her, und dann kannst du in Ruhe schlafen. Komm!" sagte sie zu Robert.

Der wünschte Jochen Schneider eine gute Nacht und folgte ihr ins Büro. Dort hörte man, wie Gretchen das Kopfteil anhob und den Knopf hineindrückte. Plötzlich hörte ihr Mann sie noch reden.

„Gefällt dir das leicht? Dann schau schnell, denn wenn ich damit fertig bin, dann gehe ich."

Man hörte den Schwager darauf etwas sagen. Gretchen flüsterte, allerdings so, dass man es drüben im Wohnzimmer noch hören konnte:

„Von mir aus, einen Finger kannst du hineinstecken. Aber beeile dich."

Dann war etwas Stille da drüben. Ihr Mann war neugierig geworden. Wenn er aufstand, konnte er im Garderobespiegel alles sehen, was da drüber los war. Das wusste er und das tat er auch und sah, wie Gretchen auf dem Bett kniete und ihr der Robert zwei Finger in die Muschi einführte. Er fuhr einige Male hin und her und Gretchen schien es zu gefallen. Sie griff nach hinten und spürte etwas in seiner Unterhose. Da drehte sie sich um und warf ihn mit einem Schwung aufs Bett. Blitzartig riss sie ihm die Unterhose hinunter und nahm sein Glied in den Mund. Sie blies es gekonnt, doch scheinbar tat sich beim Schwager nichts.

„Was ist, steht er dir nicht?" fragte sie verärgert.

„Schon schon, kommt schon, mach weiter!" sagte er gepresst. Sie blies wieder und endlich schien sich das Ding zu versteifen. Jetzt setzte sie sich auf ihn und ritt ihn ein paar Minuten ziemlich wild bis er spritzte.

Er lag da, als ob er gestorben wäre und sie stieg von ihm ab. Dann schob sie ihm die Vorhaut noch ein paar Mal hin und her, bis auch der letzte Tropfen draußen war. Endlich zog sie ihm die Unterhose wieder hoch. Er ließ es sich einfach so gefallen. Offensichtlich war er total fertig.

„So, mein Herr, und jetzt kannst du ruhig schlafen." sagte sie etwas frustriert. Sie zog ihr Kleid hinunter und ging aus dem Zimmer.

Ihr Mann hatte sich sofort wieder in den Sessel gesetzt und tat so, als ob er überhaupt nichts mitbekommen hätte.

„Ist leicht das Kopfteil wieder verklemmt gewesen?" fragte er scheinheilig.

„Ach geh! Der hat ein Zipfel nicht ganz so groß wie dein Daumen. Und stehen tut's auch nicht richtig. Jetzt hat er abgespritzt und schnarcht. Und morgen hat er eine steife Unterhose." Sagte sie. Sie war verärgert.

„Hast du es leicht ausprobiert?" fragte Jochen neugierig.

„Ja, wenn du so dumm fragst. Aber so viel geplagt habe ich mich dabei auch noch nie.

So, jetzt gehe ich schlafen. Ich bin rechtschaffen müde."

Sie zog ihr Hauskleid aus, ging ins Bad und dann hörte er die Schlafzimmertür gehen. Während er noch austrank, hörte er aus seinem Büro lautes Schnarchen dringen. Jedenfalls jetzt hatte der Gute seine Ruhe.

6. Kapitel
Der Gerhard

Wie die Schneiders eigentlich mit dem Gerhard zusammengekommen sind, das ist heute beim besten Willen nicht mehr nachvollziehbar. Tatsache ist, er war plötzlich da. Das heißt, eigentlich nicht er, sondern ein Brief von ihm, in dem schrieb er, dass er ganz gerne einmal mit ihnen einen Dreier gemacht hätte.

Gretchen hatte zwar mit Didi schon Erfahrung im Dreier, aber der Didi war derzeit gerade zur Unperson erklärt worden, zumindest offiziell. Was inoffiziell war, das erfuhr Jochen erst einige Jahre später. Und da das Gretchen immer dann, wenn gerade nichts los war, der Hafer stach, wollte ihr Jochen die Gelegenheit bieten, sich wieder einmal so richtig auszutoben und sich richtig durchficken zu lassen. Er wusste, insgeheim liebte sie das, auch wenn sie es offiziell bestritt. Für sie war Sex körperliche Schwerarbeit. Von so lauwarmen Dahin-Getue hielt sie nichts.

Um den Gerhard aber erst einmal zu ihnen zu bringen, schrieb Jochen auf dessen Brief zurück, gab ihm eine Uhrzeit an, wo sie voraussichtlich anzutreffen waren und wartete. Tatsächlich, nach ein paar Tagen läutete um diese Zeit das Telefon und Jochen verabredete ein Treffen mit ihm. Gretchen, die gerade in der Küche war, als Gerhard anrief, war total empört darüber, dass sie so einfach übergangen wurde.

"Spinnst du? Glaubst du vielleicht, ich lege mich einfach mit einem wildfremden Mann ins Bett? Da gehört schon mehr dazu! Wenn du willst, kannst ja du mit ihm ins Bett gehen, ich nicht!" so lautete ihr empörter Kommentar, bevor sie die Küchentür zuschlug. Jochen war etwas perplex. Aber so war sie nun einmal.

Heute denkt er über diese ganzen Sachen wesentlich anders, doch damals war ihm das eigentlich ziemlich egal, denn heimschicken, wenn er nicht gefiel, konnte man den Gerhard ja immer noch. Und er hatte ihm am Telefon gesagt, dass er ihm natürlich nicht versprechen konnte, dass tatsächlich dabei etwas herauskommen würde. Also hatte Jochen eigentlich ihm gegenüber kein schlechtes Gewissen, und auch das Gretchen hatte ja die Möglichkeit, einfach zu sagen, dass sie nicht wollte.

Es kam der Tag, an dem Gerhard erscheinen sollte und sie waren gerade einkaufen gegangen. Irgendwie schaffte es Margret, Jochen so abzulenken, dass sie erst eine halbe Stunde später nach Hause kamen, als er das mit Gerhard vereinbart war. Das war blöd, denn jetzt war er wieder gefahren. Allerdings, nicht ohne bei näherem Hinsehen einen Zettel zu hinterlassen, auf dem er ankündigte, um sechs wieder zu kommen.

Gretchen sah diesen Zettel, bekam einen roten Kopf und sauste ab zu einer Freundin. Das war natürlich eine schöne Bescherung. Jochen saß da und wartete. Was sollte er dem Gerhard sagen, wenn er kam? Er kam ja schließlich nicht wegen ihm. Er hatte bestimmte Erwartungen und die wurden jetzt enttäuscht. Jochen hätte auch beim besten Willen mit ihm nichts anfangen können, außer vielleicht ein Bier trinken oder vielleicht eine Partie Schach spielen. Und dafür fährt man ja üblicherweise nicht zuerst hundert Kilometer im Auto.

Nun hätte er natürlich das Gretchen her vergattern können, denn damals war er noch ziemlich autoritär und Gretchen, aufgrund ihrer Jugend, hatte ihm da wenig entgegenzusetzen. Aber das grenzte an Vergewaltigung. Da er sein Gretchen trotz seiner manchmal etwas ruppigen Art doch innig liebte, wollte er ihr das keinesfalls antun. Andererseits stand er saublöd da, aber das hatte er eigentlich selbst zu verantworten. So überlegte Jochen denn hin und her, was er tun sollte, als es plötzlich läutete. Gott sei Dank, sie war zurückgekommen und hat nur den Schlüssel vergessen, dachte er. In aller Unschuld ging er zur Wohnungstür, öffnete sie und stand einem jungen blonden Mann gegenüber. Dieser grüßte ausgesprochen höflich, gab ihm die Hand und stellte sich als der besagte Gerhard vor. Da hatte er nun den Salat! Aber nicht genug damit, hatte er im oberen Stock die Wohnungstür gehen gehört. Eine Nachbarin war im Stiegenhaus. Und alle zwei Nachbarinnen im oberen Stock waren Neugierdsnasen par excellence.

Na, da blieb ihm wohl nichts anderes mehr übrig als den Gerhard, zwecks Erklärung der Situation, in die Wohnung zu bitten. Da er nicht recht wusste, wie er ihm das beibringen sollte, was das Gretchen von ihm hielt, bat Jochen ihn ins Wohnzimmer und bot ihm ein Glas Rotwein an. Bei einem Glas Wein redet sich's leichter, dachte er sich.

Da kam Jochen, während er den Wein eingoss, eine Idee. Warum sollte er nicht in aller Unschuld einfach bei der Freundin anrufen und seiner Frau ausrichten lassen, dass der Besuch eben angekommen sei?

Und das tat er auch sofort. Und wer sagt, dass eine Frau kein neugieriges Geschöpf ist, der kennt die Welt nicht. Fünf Minuten nach seinem Anruf ging die Tür und seine Frau trat ein.

Sie hatte ebenfalls bei ihrer Freundin ein Glas Wein getrunken und so Mut genug, diesen Fremdling einmal in Augenschein zu nehmen. Nach der Begrüßung setzten sie sich erst einmal hin und plauderten ein wenig. Dazu tranken sie die restliche Flasche leer. Dabei kam das Gespräch, fast zwangsläufig, auf ihr Vorhaben und dann auf Pornofilme. Jochen bot Gerhard an, sozusagen als Entschädigung für Gretchens Unlust, ihm einen solchen Film zu zeigen. Damals ging das noch mit Projektor und Leinwand. Während er diese Dinge aufbaute, zog sich seine Frau das Oberteil des Jogginganzuges, den sie trug, aus und saß im Leibchen neben Gerhard. Da sie keinen BH trug, konnte man die Konturen ihrer Möpse ziemlich deutlich erkennen.

93

Jetzt kamen Gerhards Vorzüge aber auch klar zum Vorschein. Er war zweiundzwanzig Jahre alt, blond, schlank, hatte gute Manieren und war sehr charmant. Er hatte sich auch das Jungenhafte herübergerettet und war drauf und dran, das Gretchen zu erobern.

Es war ein ziemlich fader Film, den Jochen da zeigte, aber eigentlich interessierte er auch niemand. Denn inzwischen war die Unterhaltung ziemlich in Fahrt gekommen. Da die Vorhänge zugezogen waren, um für den Film abzudunkeln, war auch die Atmosphäre sehr intim. Auch Jochens Frau musste das so empfunden haben, denn als Gerhard rechts und er links von ihr saß, hatte sie gar nichts dagegen einzuwenden. Im Gegenteil, sie kam immer mehr in Fahrt, wurde witzig und ausgesprochen charmant.

Endlich fragte Jochen sie, ob er Gerhard ihren Prachtbusen zeigen dürfte. Da sie nichts dagegen sagte, zog er ihr das Leibchen hoch und ihre üppigen Brüste kamen zum Vorschein. Rasch war das Leibchen zur Gänze abgestreift und Gerhard und Jochen nahmen sich jeder eine Brust vor. Bald schon machten sie sich schon ans Eingemachte, nämlich sie zogen Gretchen ganz aus.

Aber jetzt wollte sich Gerhard revanchieren und leckte sie ein wenig. Ihr machte das Vergnügen, denn sie spreizte ihre Beine weit, damit er auch ja tatsächlich überall gut dazu kam. Er wiederum dankte ihr dieses Entgegenkommen durch ein besonders intensives Zungenspiel.

Dann betasteten sie sie ausgiebig, führten ihr einen Finger in die Scheide ein und schon bald wurde auch Gretchen aktiv. Sie fing Gerhard seinen Lümmel aus der Unterhose und begann ihn zu blasen. Jochen beschäftigte sich einstweilen mit ihrer kleinen Fut.

Jochen war aufgestanden und holte seinen Fotoapparat. Dieses Bild gehörte verewigt. Beide hatten nichts dagegen, dass er sie fotografierte, und fuhren fort in ihrem Liebesspiel. So kam er zu einer Reihe sehr aussagekräftiger Fotos.

Endlich kletterte Margret auf Gerhard und führte sich sein Glied in die Scheide ein. Langsam begann sie auf ihm zu reiten, während er ihre Brüste liebkoste. Schau schau, dachte sich Jochen. Zuerst ganz auf spröde, und dann so aktiv! Er hob den Fotoapparat und knipste.

Gretchen hatte inzwischen den Gerhard etwas geritten und wollte jetzt ihre Muskeln etwas schonen. Deshalb legte sie sich hin

und er legte sich auf sie. Es machte ihr
Spaß, das konnte man jetzt deutlich sehen.
Sie deutete ihren Mann, nicht nur zu
fotografieren, sondern auch aktiv mitzutun.
Nur das war leichter gesagt als getan.
Sie lag am Rücken und Gerhard direkt auf
ihr. Für Jochen war kein Hinlangen
möglich. Er wartete daher auf eine günstige
Gelegenheit.
Diese ergab sich, als Gerhard Gretchen
einfach umdrehte und sie von hinten fickte.
Jetzt war zumindest ihre Linke frei und
Jochen hielt ihr sein Glied hin. Margret war
beidhändig und daher auch jetzt in der
Lage, ihn zu wichsen. Das tat sie auch.
Bevor Jochen jedoch seinen Saft verschoss,
löste er sich wieder und machte noch ein
paar ganz gute Fotos.

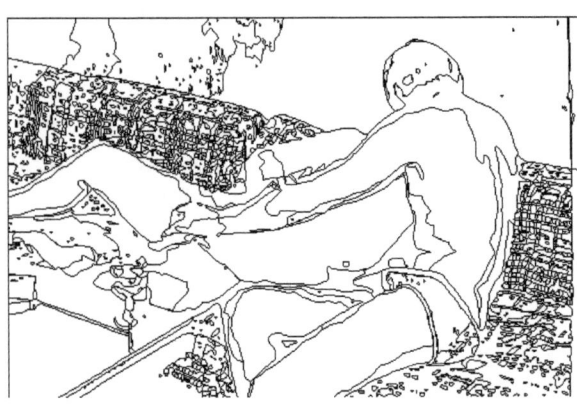

Leider war die Kamera, wie so oft bei ihm, nicht fehlerfrei im Einsatz. Als er nämlich die Bilder abholen wollte, musste er zu seinem Ärger feststellen, dass es sich um einen Diafilm handelte. Er hatte darauf nicht geachtet. Und nicht nur das, die letzten acht Bilder wurden doppelt belichtet, weil der Film nicht weitertransportiert wurde. Eine sündteure Kamera, ein ebenso teurer Film und dann dieses Ergebnis! Jochen war stinksauer. Aber das bemerkte er, wie schon gesagt, erst als er den Film zum Entwickeln brachte.

Gerhard hatte inzwischen sein Pulver verschossen und daher war vorläufig Pause. Die drei nutzten das, um sich näher kennen zu lernen. Jochen erzählte etwas von seinem Beruf und Gerhard redete etwas über seine zukünftigen Pläne. Er war Koch und wollte nach Neuseeland gehen. Gretchen fand das so faszinierend, dass sie noch jahrelang davon träumte, ebenfalls dorthin auszuwandern.

Der Wein war zur Neige gegangen und es musste frischer Nachschub geholt werden. Jochen ging zu diesem Zweck in den Keller und holte noch eine Flasche Roten. Als er wieder hochkam, war Gretchen eben dabei, Gerhard fachmännisch zu wichsen. Sie konnte das wie kaum eine Zweite. Die Vorhaut langsam ganz zurück, bis sich die Eichel hervorbog, dann wieder nach vor, zurück, vor ... Der Gerhard verdrehte die Augen. Dann sprang Gretchen auf und lief in das Schlafzimmer. Die beiden Männer sofort hinter ihr her. Sie warf sich auf das Bett und spreizte die Beine weit. Jochen war der Erste, er durfte sich schwungvoll auf sie drauflegen und dann heftig in sie entladen.

Dann kam Gerhard dran. Der durfte rammeln wie ein Hase und wurde von Gretchen dazu auch noch angestiftet. Sie streckte die Beine weit in die Höhe, damit er ja tief eindringen konnte. So musste er sich eine beträchtliche Zeit über lustvoll mit ihr plagen. Als sie dann endlich mit ihm fertig war, hatten beide einen hochroten Kopf und glänzten vor Schweiß. Gretchen war endlich zufrieden.

Jochen und Gretchen gingen jetzt wieder zu rück ins Wohnzimmer.

„Was ist, hat's dir wenigstens gefallen?" fragte Jochen leise.

„Ja, ich habe gespritzt wie ein Feuerwehrmann. Nur du könntest dich auch einmal ein wenig mehr plagen. Dann

brauchen wir keine Aushilfe von auswärts."
meinte sie spitz.

Gerhard kam aus dem Schlafzimmer. Er
war erschöpft noch ein paar Minuten auf
dem Bett liegen geblieben.

„So, ich sollte jetzt eigentlich fahren, denn morgen um halb sechs läutet der Wecker. Ich kaufe mir auf der Autobahn noch einen Kaffee, dann geht's heimwärts." sagte er, während er seine Kleidung zusammensuchte.

„Den Kaffee kann ich dir machen. Und fahre vorsichtig, du hast getrunken. Zieh dich inzwischen an, ich komme gleich mit dem Kaffee."

Gretchen ging in die Küche und startete die Espressomaschine. Das war in Wahrheit so ein Wunderkännchen, wo man unten das Wasser, in der Mitte das Kaffeepulver hineintat und dann oben den fertigen starken Espresso herausbekam.

Jochen packte inzwischen seine Kamera ein. Gretchen rief und Gerhard ging in die Küche. Er bekam eine dampfende Tasse Kaffee. Und weil er seine Hose noch nicht zugemacht hatte, schob ihm Gretchen noch ein paarmal mit der Hand die Vorhaut hin und her. Und das Wunder geschah: Er bekam einen Steifen.

Gretchen lehnte sich an einer Ecke über den Tisch und bot ihm ihr Hinterteil dar.

„Was ist, einmal geht's noch!" sagte sie und Gerhard tat mit.

Jochen kam in die Küche.

„Ich möchte auch so einen Kaffee!" grinste er.

Gretchen hatte schon wieder einen knallroten Kopf.

„Spä-ter!" ächzte sie. „Da ist momentan besetzt!"

Gerhard strengte sich noch einmal an, dass sein Hemd am Rücken schweißnass war. Endlich spritzte er.

„Du bist klasse!" stieß er hervor. Dann strickte er sich das Hemd in die Hose und trank rasch seinen Kaffee. Nachdem er sich fertig bekleidet hatte, verabschiedete er sich.

„Danke für alles! Es war wunderbar mit euch! Tschüss!"

Jochen drückte ihm wortlos die Hand.

Gretchen gab ihm noch ein Abschiedsbussi.

„Wenn du in der Nähe bist, kannst du ja wieder einmal vorbeischauen," meinte sie.

Als Gerhard gefahren war, ging sie ins Wohnzimmer und schaute auf das Chaos am Tisch.

„So, Alter, das lassen wir so! Jetzt gehen wir ins Bett! Geplagt haben wir uns heute schon genug!" sagte sie zu ihrem Mann, ergriff diesen am Glied und zog ihn ins Schlafzimmer. Und damit war der Tag endgültig beendet.

7. Kapitel
Der Stier vom Stadtteich

Wenn einer einen Garten hat .... da gibt's doch so ein Gedicht. Na ja, und im Jahr 1986 ritt Gretchen und Jochen der Teufel und sie legten sich einen Schrebergarten zu. Nicht allzu viel, nur so knapp 350 m². Noch dazu in einem ziemlich trostlosen Zustand, denn die alte Frau, die ihn zuvor innegehabt hatte, ließ ihn zwei Jahre brach liegen.

Mit viel Mühe und Engagement richteten sie die Beete her, säten, pflanzten und standen bald vor dem Riesenhaufen Unkraut, das sich binnen weniger Tage bildete. Daher war jetzt notwendig, zu jäten. Das allerdings kostete Zeit und die war knapp. Letztlich war auch die riesige Menge Gemüse, die darauf wuchs, für ihre kleine Familie bei Weitem zu viel und sie beschlossen, im nächsten Jahr die Anbaufläche zu verkleinern.

Bereits im nächsten Frühjahr reduzierten sie die Beete auf die Hälfte und legten auf dem Rest einen Rasen an. Das war, so weit so gut, nur wenn es regnete, war nichts da, wo man sich unterstellen konnte, wenn man aufs Klo musste, gab es da nur das Gemeinschafts-Plumpsklo und Platz zum

Hinsetzen für einen gemütlichen Schluck hatte man auch keinen.

Dieser Zustand machte ihnen Kopfzerbrechen und endlich entschlossen sie sich, eine Gartenhütte aufzustellen. Das war leichter gesagt als getan, denn dazu war erforderlich, zuerst einen gewaltigen Papierkrieg zu entfachen. Dann begannen sie sich umzusehen, was für sie infrage käme, aber alsbald mussten sie erkennen, dass eine fertige Hütte in der gewünschten Größe und wie sie in den diversen Baumärkten angeboten wurde, für sie aus rein finanziellen Erwägungen nicht infrage kam. Das, was von der Größe her passte, nämlich so 5 mal 4 Meter, war in der angebotenen Qualität zu teuer. Eine kleinere Hütte wäre aber bestenfalls eine Gerätehütte mit einem Tischchen davor, und das war schlicht zu wenig.

Was tun daher? Jochen und Gretchen studierten die Anzeigen in den diversen Tageszeitungen und da war so manches, was brauchbar war. Jetzt war das nur eine Frage das Geldes. Sie entschlossen Sie dazu, eine bereits aufgestellte fertige Hütte zu kaufen, die in Wels auf einem aufgelassenen Schrebergartengrundstück stand und die ihnen gefiel. Nur, das war eine fest gezimmerte Hütte und eigentlich für die Ewigkeit gebaut. Sie abzutragen und neu aufzubauen, war eine Arbeit, die die zeit- und kraftmäßigen Kapazitäten von Jochen und Gretchen bei Weitem überschritt. Sie mussten sich daher um Hilfe umsehen.

Da war guter Rat teuer. Aber da gab's noch einen guten Menschen, der hieß Herbert und der machte solche Arbeiten wie graben, Hütte abtragen und transportieren und ähnliche nützliche Arbeiten. Er hatte schon einige Male für sie gearbeitet, war sehr integer und schien ihnen für ihr Vorhaben genau der ideale Mann zu sein. An diesen wandten sie sich. Tatsächlich half er ihnen auch beim Abbau, auch unter widrigsten Bedingungen. Schließlich fanden die vier Bauteile und das Dach nach zahlreichen Schwierigkeiten den Weg in ihren Garten.

Herbert war unermüdlich. Als mitten unter dem Zerlegen ein Platzregen niederging, er blieb am Dach und arbeitete weiter. Als ein Bauteil plötzlich umfiel und ihm genau auf den Rücken, steckte er das weg wie nichts. Und schließlich war er es, der, als sie schon der Mut verließ, sie dazu brachte, tatsächlich weiterzumachen und die Hütte bei Nacht und Nebel in ihren Garten zu verfrachten.

Dort angekommen, begannen Jochen und Gretchen bereits am nächsten Tag mit dem neuerlichen Zusammenbau und schon nach drei Wochen war der Großteil geschafft. Die Hütte stand. Es waren sogar ein paar sehr nützliche Verbesserungen eingebaut worden, wie ein Wasseranschluss ein zweites Fenster und eine kleine Küche. Die Hütte war doppelschalig gebaut und somit winterfest. Nur zu ihrer Freude sollte sie auch eine Terrasse haben und hier war wiederum reichlich Betätigungsfeld für Herbert. Letztendlich schweißt so eine Arbeitsgemeinschaft, wenn sie nicht zu ewiger Feindschaft führt, zusammen und sie verstanden sich auch privat sehr gut.

Herbert hatte eine unauffällige Schwäche für alles Weibliche. Das kam langsam heraus. Er war schüchtern, er traute es sich nicht zu sagen, aber es gefiel ihm, wenn er etwas sah, das normalerweise nicht für fremde Männeraugen bestimmt war. Und da kam er, ohne Absicht allerdings, bei Gretchen durchaus auf seine Rechnung.

Einmal war es, dass Gretchen sich hinter einem Strauch umziehen musste, ein andermal trug sie Shorts ohne Höschen darunter, dass der üppig wuchernde Haarwuchs aus der Grube, in der Herbert gerade arbeitete, deutlich zu sehen war.

Dann trug Gretchen wieder eng sitzende Leibchen, wo die Nippel deutlich hervorsprangen. Jedenfalls Herbert arbeitete gern bei den Schneiders, und Gretchen war nicht geizig. Nachdem sie seine Vorliebe herausgebracht hatte, ließ sie ihm auch gelegentlich einen Blick riskieren und tat so, als bemerkte sie nichts. Und das ging den ganzen Sommer so dahin.

In diese Zeit fiel auch eine ziemlich lustige Wette. Sie saßen am Abend auf der Baustelle und tranken noch ein paar Bier, als die Rede zufällig auf einen bekannten Wirt in ihrem Wohnviertel kam. Kurz darauf erzählte Herbert, dass am Parkplatz vor dem Lokal einmal ein Besoffener in einer Wasserlache ertrunken wäre. Das schien Gretchen doch ziemlich an den Haaren herbeigezogen und sie äußerte sich auch ziemlich abfällig über die Lügen der Männer. Die Quintessenz war, dass Herbert und Jochen letzten Endes wetteten, dass Gretchen von ihnen ein Kleid bekommen sollte, wenn sie gelogen hätten. Sollte aber ihre Behauptung zutreffen, würde sie jedem von ihnen einen blasen.

Bereits am nächsten Tag gelang es Jochen, mittels eines Artikels in einer alten Zeitung zu beweisen, dass sie recht hatten. Die

Wette galt, wurde aber trotz aller Urgenzen der Männer nicht eingelöst.

Es kam der Frühherbst, und die Hütte war so im Großen und Ganzen fertig, die Terrasse war angeschüttet, lediglich die Plattenverkleidung fehlte da noch. Die Gartensiedlung, in der die Hütte ursprünglich gestanden war, sollte in den nächsten Tagen anplaniert werden, um einer Containerhalle zu weichen, als Jochen einfiel, dass er gesehen hatte, dass dort noch eine ganze Reihe brauchbarer Dinge herumlagen. Unter anderem ein Kellerabgang, den der gute Herbert für seine Hütte dringend brauchte. Gretchen wollte sich von dort auch noch verschiedene Pflanzen holen, da ja dort niemand mehr Verwendung dafür hatte. So setzten sie sich an einem heißen Septembernachmittag ins Auto und fuhren nach Wels.

Es sollte aber noch ein harter Brocken Arbeit werden, den Kellerabgang aus dem Beton zu stemmen und Herbert arbeitete wie ein Berserker. Gretchen grub Wasserlilien und andere Pflanzen aus und legte sie ins Auto und schließlich bei Einbruch der Dunkelheit hatten sie es geschafft. Alles war verstaut, sie waren dreckig und verschwitzt und brauchten dringend etwas Erfrischung und ein Bad.

Bei einer Tankstelle am Stadtrand von Wels holte Jochen ein paar Flaschen kühles Bier und dann brausten sie ab in Richtung Pichlingersee. Dort wollten sie sich reinigen und erfrischen. Bereits während der Fahrt tranken sie das kühle Bier, Jochen nur eine halbe Flasche, denn er musste ja fahren, Gretchen und Herbert jedoch schluckten ordentlich. Jeder zwei Flaschen, und das in der kurzen Zeit.

Am See angekommen gingen sie hinunter zum Wasser, zogen sich in der stockfinsteren Nacht pudelnackt aus und gingen hinein ins erfrischende Nass.

Und spätestens hier ist eine Einfügung angebracht. Wie sich herausstellte, hatte der Herbert einen gewissen Ruf bei den Damen. Er galt in bescheidenem Rahmen als Weiberheld. Und man sagte ihm nach, dass er überdurchschnittlich an einer gewissen Stelle gebaut sei. Das ging so weit, dass ihm der Spitznamen „Der Stier vom Stadtteich", nach seinem Wohnviertel, angehängt wurde. Das wiederum reizte die Fantasie von Gretchen und sie hatte Jochen ein paar Mal anvertraut, dass sie dieses mysteriöse Ding gerne einmal sehen würde.

Er hatte da nichts dagegen und diesmal schien eine gute Gelegenheit dazu zu sein.

Sie kletterten nach dem Bad aus dem Wasser und plötzlich stellte sich heraus, dass es gar nicht mehr so warm war, wie sie vorher geglaubt hatten. Sie bibberten ganz ordentlich und traten daher, um sich etwas aufzuwärmen, einen Seerundgang an.

Eine Zeit lang gingen sie, ohne viel zu reden, als Jochen Gretchen bedeutete, doch einmal nachzusehen, ob das wirklich stimmte, was da der Tratsch so berichtete. Sie versuchte auch einige Male etwas vorauszugehen, um so zu sehen, was sie interessierte, aber jedes Mal, wenn sie ihre Schritte beschleunigte, ging auch der Herbert schneller und so wurde nichts daraus.

Schließlich kamen sie an den Ausgangspunkt ihres Rundganges zurück und setzten sich auf eine Rastbank. Dort begann Jochen dann scherzhaft aber ganz offen, da Gretchen scheinbar etwas Hemmungen hatte, davon zu sprechen, was seine Frau so interessierte. Herbert hatte auch nichts zu verbergen, nur war es so finster geworden, dass man die Hand nicht mehr vor den Augen sah. Daher nahm Jochen Gretchens Hand und legte sie an Herberts Riemen. Der wiederum griff bei ihr dorthin, wo er bisher nur versteckt hinsehen durfte, und begann sie zu massieren. Das hatte wiederum zur Folge, dass Gretchen heftig zu atmen begann und auch mit der Linken den Herbert wichste. Als Jochen sich störend bemerkbar machte, indem er etwas sagte, hörte Gretchen plötzlich auf und zeigte sich plötzlich lustlos.

Es genügten jedoch einige besänftigende Worte und das Spiel fand seine Fortsetzung. Ja, nicht nur das, es wurde immer heftiger. Damit Jochen nicht wieder als Störungsfaktor eingestuft wurde, entfernte er sich ein paar Schritte von der Bank in die Dunkelheit. Da riss die Wolkendecke auf und durch das Mondlicht wurde es plötzlich so hell, dass er die Zwei deutlich sehen konnte. Gretchen hatte ihre Beine weit gespreizt und Herbert hatte sich halb über sie gebeugt. Er arbeitete mit der ganzen Hand in ihrer Grotte. Sie wiederum hatte das Tempo ihrer Handarbeit den Grad ihrer Erregung angepasst und wichste ihn heftig.

Jochen schaute nur so. Die Sache hatte plötzlich eine Eigengesetzlichkeit angenommen, die er eigentlich so gar nicht gewollt hatte. Etwas plagte ihn auf einmal die Eifersucht. Warum riss sie zu Hause in letzter Zeit nie so an? Fragte er sich. Na ja, der Ehe-Alltag wird wohl schuld daran sein, sagte er dann zum Trost.

Während er noch so herumsinnierte, schwang sich Herbert plötzlich auf Gretchen und begann wie wild in sie hineinzurammeln. Der Bursche hatte allerdings eine gute Kondition, denn er brauchte doch ziemlich lange, bis er wie ein Springbrunnen in sie hineinspritzte. Kurz darauf ließ er aber dann von ihr ab.

Danach schien Jochen, als wäre Beiden die ganze Sache etwas unangenehm, denn sie zogen sich gleich darauf ziemlich ruhig an und fuhren anschließend nach Hause. Gretchen gestand Jochen allerdings noch in derselben Nacht, dass sie das Ganze eigentlich nicht sonderlich aufregend und befriedigend empfunden hätte. Sonst redete sie nicht darüber, was ein sicheres Zeichen dafür war, dass es sie noch wesentlich mehr beschäftigte, als es den Anschein hatte. Er war sich daher sicher, dass es bald eine Fortsetzung in der einen oder anderen Art geben würde.

8. Kapitel
Die Sache in der Gartenhütte

Bald schon kam die Zeit, in der Jochen, Gretchen und Herbert nach getaner Arbeit am Abend fortgingen und dabei auch einmal bei einem Mostbauern Einkehr hielten. Herbert kannte im Ennstal einige gute Mostbauern und zwecks Spaß zog Gretchen, wenn sie zu einem solchen Bauern gingen, einmal kein Höschen an. Sie saßen bei einem bekannten Bauern in der Küche, tranken Most, aßen eine zünftige Jause und Gretchen und Herbert tranken zwecks Verdauung jeder drei Obstler.

Während sie beim Bauern saßen, konnte man keine Wirkung bemerken, kaum stiegen sie jedoch ins Auto, setzte sich Gretchen zu Herbert auf den Rücksitz. Schon nach wenigen Metern Fahrt begann sie in ihrem Dusel mit ihm zu schmusen. Da sie und Jochen nachmittags in ihrer Gartenhütte waren, wurde diese von ihnen nur provisorisch verschlossen. Das Wetter war etwas unbeständig und da jetzt am Abend noch die Fenster der Gartenhütte geöffnet waren und man befürchten musste, dass das Wetter umschlug, steuerte Jochen den Wagen in die Gartenanlage. Dort bei ihrer Gartenhütte stiegen sie alle drei aus. Sie gingen in die Hütte und Jochen schloss die Fenster. Dann setzten sie sich auf die Bank und schauten sich erst gegenseitig an.

Diesmal war es Gretchen, die den Anfang machte, indem sie sich auszog.

„Was ist, ihr Lahmärsche, wollt's mich pudern oder nicht?" fragte sie frivol und ohne Umschweife. No na, nicht! In Nullkommanichts waren auch Jochen und Herbert ausgezogen und Gretchen legte sich flach auf den Rücken. Sie empfing Herbert mit weit gespreizten Schenkeln. Ohne besonderes Vorspiel fuhr dieser in sie und begann zu rammeln. Gretchen genoss es diesmal sichtlich. Jochen saß daneben und ließ die Zwei gewähren. Herbert war auch diesmal sehr ausdauernd, aber er schaffte, ebenso wie das letzte Mal nicht, Margret zum Höhepunkt zu bringen.

Dann kam Jochen dran und er brachte die Sache mit nicht besonders viel Bravour hinter sich. Im Herzen war er eigentlich nicht dabei. Es folgte eine kurze Pause, in der viel über Sex im Allgemeinen geredet wurde. Dann kniete sich Gretchen hin und Herbert fuhr von hinten in sie. Auch diesmal dauerte die Sache seine Zeit, doch Gretchen war immer noch unbefriedigt.

Diesmal kam Jochen nicht dran, sondern sie tranken ihr Bier und unterhielten sich. Die Rede kam auf verschiedene Sexualpraktiken.

„Möchtest du mich einmal in den Arsch ficken?" fragte Gretchen plötzlich Herbert ziemlich unvermittelt.

Die Antwort verblüffte Jochen doch ziemlich.

„Ja geht denn das auch?" fragte er zurück. Er machte auch durchaus den Eindruck, als hätte er diesen Weg überhaupt noch nicht in Betracht gezogen. Gretchen versuchte, ihn zu überzeugen, dass das auch eine denkbare Variante wäre, doch Herbert blieb skeptisch.

Dann kam die Rede darauf, einmal einen echten Dreier zu machen. Schon nach wenigen Minuten gingen sie dann zur Praxis über.

Herbert legte sich auf den Rücken und Gretchen führte sich seinen Schwanz in ihre schon ziemlich feuchte Pussy ein. Dann begann sie zu reiten. Jochen kniete sich hinter sie und begann ihre Rosette einzucremen. Das war gar nicht so einfach, denn sie fuhr ja beständig hin und her. Dann hielt er ihr den Zeigefinger an die Mündung des Poloches und führte ihn ein. Sie ritt ein paar Mal darauf hin und her und schließlich, als er sich sicher war, dass alles gut eingefettet und geschmiert war, führte er ihr dann sein Glied ein.

Jetzt hielt sie bei Herbert still und er fickte sie in den Arsch. Nach wenigen Sekunden begann sie mit vorsichtigen Bewegungen auf Herberts Schwanz wieder zu reiten, und schon bald hatten sie den Rhythmus gefunden. Wenn Herbert sich aus ihrer Scheide fast zurückzog, schob Jochen sie in den Po. Kaum zog er sich zurück, drang Herbert wieder vor. Das hört sich in der Theorie ziemlich einfach an, doch es bedarf eines genauen Zusammenspiels aller drei Personen, dass das auch wirklich klappt.

Leider dauerte das Ganze nur wenige Minuten, denn schon bald entlud sich Jochen in ihrem Po. Daraufhin zog er sich zurück. Herbert und Gretchen taten aber ohne ihn noch einige Minuten weiter, dann spritzte auch er. Erschöpft kletterte Gretchen von ihm.

Sie saßen noch ein paar Minuten, dann musste Gretchen aufs Klo. Diese Zeit nutzten die zwei Männer, um sich etwas auszusprechen, was sie als Nächstes anstellen wollte. Nur, sie hatten die Rechnung ohne Wirt gemacht.

Gretchen war nämlich, wenn sie einmal loslegte, schier unersättlich und Herbert förderte das damit, dass er beständig seine Finger in ihrer Pussy hatte. Schon bald musste er daher wieder antreten, wurde auf den Rücken gelegt und Gretchen ritt wiederum auf ihm. Da Jochen etwas unbeteiligt danebensaß, lud sie ihn ein, ebenfalls wieder mitzutun. Da er darauf vertraute, dass noch alles bereit sei, versuchte er, nachdem er sich hinter sie gekniet hatte, sofort in ihren Popo einzudringen. Nur diesmal war er ungeschickt, er war zu hastig und die Folge war, er tat ihr entsetzlich weh.

Da dämpfte natürlich ihre Stimmung, und obwohl er sich dafür entschuldigte, war sie ihm kurz böse. Um diesen Vorfall etwas zu überspielen, tranken sie noch jeder ein Glas Wein und unterhielten sich noch ein wenig, indem Herbert ihnen einige Einblicke in sein Eheleben gab.

„So, jetzt probieren's wir einmal anders. Ich blase Herbert einen, während du mich in den Arsch fickst." schlug sie Jochen vor. Tatsächlich war sie bereits wenige Sekunden später damit beschäftigt, Herbert intensiv zu lutschen. Jochen stellte sich hinter sie, aber der Vorfall vorhin hatte ihn etwas aus der Stimmung gebracht, weshalb er einfach keinen Steifen zusammenbrachte. Das ganze Schmieren half nichts, wenn er nicht stand, weshalb er sie mit zwei Fingern seiner linken Hand in die Scheide fingerlte. Sie empfand es zwar nicht als unangenehm, doch zum Höhepunkt konnte er sie damit auch nicht bringen. Sie schaffte es noch, Herbert den letzten Samen zu entziehen, in den Mund spritzen ließ sie sich allerdings nicht.

Danach war wieder etwas Pause, in der Herbert so beiläufig Gretchens Kitzler massierte. Dann wollte er noch einmal auf sie aufreiten, sie jedoch lehnte das vorerst ab. Wer aber den Herbert kennt, der weiß, dass das ein entsetzlich hartnäckiger Jammerer sein kann und schließlich setzte er sich durch. Margret ließ sich noch einmal von ihm ficken. Jochen ging zwischenzeitig auf die Toilette, denn er hatte eigentlich schon jede Lust verloren, und war müde. Gretchen ging es eigentlich ebenso und nachdem sich Herbert noch einmal in ihr erleichtert hatte, zogen sie sich an, brachten noch rasch alles in Ordnung und fuhren nach Hause.

Dieser Abend hatte so erfolgversprechend begonnen, war aber dann eher fad geendet. Man kann halt auf diesem Gebiet nichts erzwingen. Aber es war ja noch nicht aller Tage Abend. Solange es Arbeit im Garten gab, solange war die Möglichkeit eines erotischen Abenteuers.

9. Kapitel
Saunagänge

Jetzt war erst einmal eine Woche Pause. Während dieser Zeit ging in Gretchen eine merkwürdige Veränderung vor. Sie wurde Jochen gegenüber etwas ruppig, war beim Sex auf einmal ziemlich prüde und auch so etwas desinteressiert. Er konnte sich diese Veränderung nicht ganz erklären, doch er hinterfragte sie auch nicht.

Am darauf folgenden Wochenende trafen sie sich wieder mit Herbert und gingen in die Sauna. Diese Sauna befand sich in einem Gasthof und wurde relativ wenig frequentiert, sodass man eigentlich dort ziemlich ungestört war. Zwei kleine Saunakabinen, ein Schwimmbecken so sechs mal acht Meter, Umkleideräume, ein Ruheraum, ein Duschraum, das war alles. Trotzdem war es urgemütlich, denn man konnte sich Speisen und Getränke aus dem Wirtshaus direkt in die Sauna servieren lassen.

Hier fühlten sie sich wohl, obwohl auch manchmal fremde Saunagäste da waren, benahmen sie sich ziemlich ungezwungen und familiär. Sie hüpften, so wie es in einer Sauna halt so üblich ist, nackt herum, badeten nackt und hatten so ihren Spaß. Gretchen war wieder ganz die Alte und lachte und alberte mit den beiden Männern herum.

Nur als diese sie baten, ihnen im Ruheraum doch einen zu blasen, widersetzte sie sich. Sie bumsten sie zwar einmal im Schwimmbecken, indem sie einer von hinten an den Armen hielt und der andere sie von vorne fickte, aber sonst war nicht besonders viel los. Ein bisschen ausgreifen, ein bisschen Busengrapschen, sonst nichts. Ziemlich enttäuscht von der verpassten Gelegenheit fuhren die zwei Männer nach Hause.

Dann kam das nächste Wochenende. Gretchen fuhr wieder mit Jochen und Herbert in die Sauna. Diesmal waren außer den dreien noch zwei Grüppchen von Saunagästen, sodass sie sich relativ gesittet aufführen mussten. Trotzdem ritt Gretchen der Teufel und sie befriedigte sie in der brandheißen Saunakabine mit der Hand, obwohl jederzeit jemand beim Fenster hereinsehen konnte. Das war aber auch schon alles.

Sie zeigte zwar ein paar Mal ihre Muschi vor, doch auch diesmal hatte es damit sein Bewenden. Herbert kam diesmal besonders übel dran, denn im Ruheraum stand ein

Ganzkörper-Massagegerät, das es in sich hatte. Man musste sich auf eine Art Pritsche legen, dann bekam man Matten mit Gewichten aufgelegt und schließlich rollten Massagerollen dann den ganzen Körper durch. Für Herberts geplagte Wirbelsäule war das Stress pur und er stöhnte und jammerte.

Gretchen versprach ihm, sie würde ihm dafür einen blasen, hielt jedoch wie schon des Öfteren, ihr Versprechen nicht. Auch diesmal waren die zwei Männer etwas frustriert, sie konnten sich einfach nicht erklären, warum auf einmal nichts Rechtes mehr ging.

Das Wetter war die letzten zwei Wochen ziemlich schlecht und kühl gewesen, an arbeiten im Freien war eher nicht zu denken. Doch jetzt besserte es sich und sie machten sich daran, den Terrassenaufgang herzustellen. Dazu war es aber notwendig, Pflöcke einzuschlagen und dafür war Herbert genau der richtige Mann. Er werkte wie Herkules persönlich und am Abend war alles gemacht. Gretchen kam mit einer ordentlichen Jause so nach sechs und sie setzten sich hin und aßen mit großem Appetit.

Gretchen räumte inzwischen noch einige Dinge weg, die die Männer auf der

Baustelle liegen gelassen hatten und zog deshalb einen alten, cremefarbenen Jogginganzug an, den sie als Arbeitskleidung benützte. Dieser Jogger hatte eine Besonderheit, er war zwischen den Beinen zerrissen. Nachdem Sie gegessen hatten, machten sie eine Flasche Wein auf. Grete räumte den Tisch ab und sie setzten sich gemütlich hin.

Nach gut einer Stunde plaudern und blödeln machten sich die zwei über Gretchen her. Bald war sie aus der Kluft geschält und Herbert puderte sie. Da es inzwischen finster geworden war, packte Jochen die Neugierde. Er nahm eine Taschenlampe, kniete sich hinter die zwei und schaute aus nächster Nähe zu, wie Herberts großer Schwanz unermüdlich in Margret hinein- und dann wieder herausfuhr. Dann steckte er Gretchen den Mittelfinger ins Poloch und konnte so das Ganze auch fühlen. Gretchen hatte offensichtlich nichts dagegen und gab sich ganz dem Genuss hin.

Als Herbert fertig war, setzten sie sich wieder hin und tranken noch eine Flasche Wein. Herbert jedoch trank sein Bier, denn das sagte ihm mehr zu. Dazwischen durfte sich Jochen bei Gretchen etwas entsamen. Dann schleckte Herbert das Gretchen, das brachte sie allerdings nicht besonders in

Fahrt, sodass er sich dann wieder auf die Kunst seiner Fingerspitzen verließ. Das brachte immer seine Wirkung.

Nach dem letzten etwas verunglückten Versuch ließ Gretchen einen Analverkehr nicht mehr zu. So wurde denn zwar reichlich, aber doch normal gebumst. Insgesamt kam Herbert an diesem Abend, aufgeteilt auf sechs Stunden, zu sechs Ficks, Jochen kam immerhin noch auf vier. Gretchen hatte allerdings nach dem neunten Fick, den er bei ihr durchführen durfte, bereits ziemlich genug und nur Herberts Hartnäckigkeit war zuzuschreiben, dass er schließlich noch einmal in sie eindringen durfte.

Dieses letzte Mal nutzte er weidlich aus, er brachte es immerhin auf sechzehn Minuten durchgehende Zeit. Rastlos und unermüdlich fuhr sein Kolben in ihr Loch und dehnte es gehörig. Wenn man bedenkt, dass er da tatsächlich in einem Zug im wahrsten Sinn des Wortes durcharbeitete, kann man sich vorstellen, wie er schwitzte. Das reichte sogar ihm und er war mehr als befriedigt. Erschöpft und müde machten sie sich dann auf den Heimweg.

Jochen war an diesem Abend aufgefallen, dass Herbert von Margret offenbar bevorzugt worden war und er machte ihr deshalb am nächsten Tag sanfte Vorhaltungen. Zu seiner Überraschung brach sie da in Tränen aus und erklärte ihm total verweint, dass sie sich, entgegen allen Vorsätzen, in den Herbert verliebt habe.

Ab diesem Zeitpunkt war Feuer am Dach und die Beziehung zu Herbert wurde ruhend gestellt. Allerdings war schon wenige Tage danach die Welt wieder scheinbar heil und von dem ganzen Blödsinn wurde nie mehr gesprochen. Die Beziehung zu Herbert war aber für mehrere Monate gestört.

10. Kapitel
Die Geschichte am See

Ein halbes Jahr war vergangen und langsam hatte sich alles wieder eingerenkt. Gretchen und Jochen hatten die Absicht, in Linz bummeln zu gehen. Damit es nicht ganz so fad wäre, nahmen sie den Herbert, das Faktotum der Familie, mit. Es war, wie schon öfters, wenn so was geschah, ein heißer Julitag, die Nacht darauf war ebenso warm und schließlich entschlossen sie sich, nach einem ausgiebigen Bummel, wieder einmal im Pichlingersee nackt baden zu gehen.

Wer Gretchen kannte, der wusste, dass da möglicherweise ein ganz nettes Abenteuer passieren konnte. Sie waren daher mit entsprechenden Erwartungen weggefahren. Nur, die gute Margret schien nicht in Stimmung zu sein.

Sie schwammen etwas, planschten noch im warmen Wasser und schließlich, als es ihnen doch zu kühl wurde, kletterten sie wieder heraus und legten sich auf die warmen Steinplatten des Gehweges. In einiger Entfernung von ihnen sahen sie gelegentlich ein Feuerzeug aufblitzen und danach die glühenden Punkte der Zigaretten der Fischer. Nur, das war weit weg und hätte sie unter normalen Umständen nicht gestört.

Aber, wie gesagt, Gretchen tat diesmal nicht so, wie sie gerne wollten. Auch als Herbert und Jochen sehr direkt wurden, blieb sie hart und unerweichlich. Sie wollte nicht, und damit basta. Herbert hatte sich, obwohl er das ihr gegenüber stets abstritt, sichtlich mehr erwartet, als dass eine nackte Frau so zwischen ihnen lag und sich nichts tat.

Eine Stunde lagen sie so herum, alle Versuche, ihr an die Pelle zu kommen, scheiterten kläglich. Zum Schluss wurde sie bereits ernsthaft böse, beruhigte sich dann aber rasch wieder. So kamen sie denn zu dem Entschluss, dass das heute nur leere Kilometer wären, und zogen sich wieder an. Die Männer wollten angesichts der strikten Ablehnung wieder nach Hause fahren.

Auf dem Weg zum Auto kamen sie an einem kleinen Platz vorbei, auf dem ein Tischtennistisch aufgebaut war. Sie diskutierten heftig über ein Gartenthema und blieben hier auch, diesmal allerdings ohne besondere Absicht stehen. Gretchen setzte sich auf die Platte des Tisches.

Jochen und Herbert wurden wieder etwas lästig und endlich erklärte sie sich bereit, sich von Jochen ausgreifen zu lassen. Sie legte sich dazu auf die Tischplatte und spreizte die Beine. Das war zwar gut gemeint, aber sie trug ein Kostüm mit kurzem Hosenanzug, sehr knapp sitzend, dass man über den Bund nicht an ihre Lustgrotte herankam. Er wählte für seine Hand daher den Weg durch den Hosenstummel.

Margret blieb ruhig und er griff. Herbert stand daneben und belauerte sie. Man konnte ihm direkt anmerken, wie gern er da auch mitgetan hätte. Da Gretchen jetzt durchaus in Stimmung schien, deutete Jochen ihm, er solle mittun. Aber der gute Herbert hatte eine Leitung wie von Bagdad nach Moskau. Er musste ihn daher direkt bitten.

„Was ist, willst du auch greifen?" fragte Jochen ihn provokant. Herberts Hand näherte sich auf das hin vorsichtig und Jochen zog seine Hand zurück. Dann wechselte er seine Position an die Seite des Tisches, um Gretchens Brüste zu streicheln, während Herbert griff.

Schüchtern wie ein kleiner Bub trat er dann zwischen Gretchens Beine und legte seine Hand auf die Innenseite ihres linken Oberschenkels. Seine Frage an Gretchen

„Darf ich eh ein bisserl greifen?" brachte Jochen fast zum Brüllen.

Gretchen hauchte ein dünnes „Ja" und Herbert schob seine Rechte in ihren Hosenstummel. Gleich darauf konnte man im Mondlicht erkennen, wie seine Finger unter dem knappen Stoff der Hose arbeiteten. Er tastete fachgerecht ihre gesamte Spalte ab, spielte etwas mit dem Kitzler und führte dann auch seinen Zeigefinger in ihre Scheide ein. Ein paar Mal fuhr er langsam und gefühlvoll hin und her, bevor sich seine tastenden Finger wieder in Richtung des Kitzlers bewegten. Bald schon hatte er den Punkt gefunden, den er suchte und Gretchen tat willig mit.

Jochen versuchte, ihr den Hosenbund zu öffnen, um der Enge des Hosenanzuges zu entgehen. Sie ließ das aber nicht zu. Wahrscheinlich war sie noch nicht dazu bereit, einen Schritt weiter zu gehen. So kam es eben so, dass weiterhin Herbert sie unten betastete, während Jochen ihre Brüste knetete.

Es hätte sich sicher noch sehr schön entwickelt, wäre da nicht eine Störung gekommen. Plötzlich hörten sie Schritte, die sich näherten. Sie kamen genau auf ihren Platz zu.

„Da kommt wer!" zischte Jochen. Blitzartig zog Herbert seine Hand aus Margret zurück und die setzte sich zuerst auf, stieg dann vom Tisch und strickte sich ihre Bluse wieder in die Hose. Harmlos standen sie herum, als zwei Fischer an ihnen vorübergingen.

Jochen ist sich heute noch sicher, dass sie sie nicht bemerkt hätten, wären sie einfach ruhig geblieben. So aber standen sie herum und wussten nicht, was sie tun sollten. Schweigend standen sie da und warteten, dass die Störung sich wieder entfernen würde.

Als die Fischer nach ein paar Minuten wieder verschwunden waren, wollten sie gerne wieder weitertun, doch Gretchen hatte wiederum jede Lust verloren. Sie weigerte sich, noch einmal auf den Tisch zu klettern, und so fuhren sie daher nach Hause.

Später fragte sie ihren Mann einmal: „Stimmt's, ihr hattet damals die Absicht, mich zu verräumen. Nur da haben euch da die Fischer in die Suppe gespuckt!" Jochen bestritt es. Aber sein Gretchen ist eine gute Psychologin und ihr kann man auf Dauer kein X für ein U vormachen. Zugegeben hat er es aber nie.

11. Kapitel
Bodystocking

Sie hatten sich lange Jahre nicht gesehen. Didi war nach Tirol gezogen, Gretchen hatte eine Tochter geboren und so nebenbei ein Geschäft gegründet. Also gab es jede Menge zu reden, als Didi plötzlich im Geschäft auftauchte.

Leider ist das in einem relativ gut gehenden Geschäft nicht möglich, weil dauernd jemand kommt und die Unterhaltung unterbricht. Deshalb lud Gretchen den Didi am Abend zu den Schneiders in die neue Wohnung ein.

Zuerst klappte es mit den Terminen nicht so recht, doch dann stand er auf einmal vor der Wohnungstür und brachte eine ordentliche Flasche Rotwein mit. Sie setzten sich ins Wohnzimmer und redeten, Gretchen brachte dann ihre Tochter zu Bett und Didi erzählte Jochen inzwischen von seinen Heldentaten. Zumindest von dem, was sich in der Zwischenzeit ereignet hatte.

Er hatte Inge verlassen, hatte seinen Job gewechselt und war nach Tirol gegangen. Dort hatte er eine neue Freundin gefunden und lebte mit der ganz bieder, zumindest an den Wochenenden. Unter der Woche ging er seinem neuen Job als Vertreter nach. Da sein Gebiet von Oberösterreich bis Vorarlberg reichte, war er natürlich viel unterwegs. Und so manche solide Geschäftsfrau verfiel seinem Charme und bereute es nachher nicht.

Inzwischen war Gretchen wieder ins Wohnzimmer gekommen und nahm bei den Männern Platz. Jochen öffnete die Rotweinflasche, die Didi mitgebracht hatte, Gretchen brachte die Gläser und die Unterhaltung setzte sich fort. Didi erzählte wieder ein paar Geschichtchen, die er Jochen schon zuvor erzählt hatte, nur in leicht entschärfter Form, eben für Damen geeignet.

Auch bei den Schneiders hatte sich so einiges getan. Jochen Schneider hatte ein Versicherungs-Maklerbüro eröffnet und Gretchen war jetzt Geschäftsfrau geworden. Dass das vierzehn Stunden Arbeit am Tag bedeutete, davon erzählten sie erst, als Didi dieses Thema ansprach. Auch er kam auf sechzig bis siebzig Stunden Arbeit pro Woche. Gerade deswegen waren so unbeschwerte Stunden doppelt wertvoll. Sie erzählten ihm, dass sie jetzt ein Gartenhaus hätten, wo sie öfter zum Wochenende grillten und zu allem Überfluss auch noch eine Menge Gartenarbeit hatten.

Nachdem die Flasche Roten, den Didi mitgebracht hatte, bald aus war, holte Jochen noch zwei Flaschen aus dem Keller. Es war ein guter Franzose, vollmundig und schwer. Jetzt kamen sie wieder auf die alten Zeiten zu sprechen und auf einige der Stückchen, die sie damals so spielten. Für Bergtouren hatten sie allerdings jetzt keine Zeit mehr, dafür hatten sie ja den Garten. Aber es machte Spaß.

Gretchen erzählte den Männern von ihrem neuen Bikini, den sie sich am Nachmittag so als Schnäppchen gekauft hatte. Sie forderten sie auf, ihn vorzuführen. Das tat sie auch und dazu trug sie einen großen Sonnenhut, der ihr sehr gut stand. Didi und Jochen waren in Weinstimmung und applaudierten heftig. Gretchen führte noch ein Kleid mit großen Blumen vor. Alles sehr bunt und sommerlich. Sie setzte sich in dem Kleid zu den Beiden und es ging wieder weiter mit Erzählen und Herzeigen von verschiedenen Dingen, die sie sich in der Zwischenzeit zugelegt hatten.

Jetzt war Gretchen dran, ihre neueste Errungenschaft zu zeigen. Sie hatte sich einen knallroten Bodystocking gekauft. Das war damals der neueste Hit. So ein Ding wie aus einem Strumpfgewebe gemacht, mit Rüschen und Reißverschlüssen, unheimlich sexy und anregend.

Natürlich wurde Gretchen sofort aufgefordert, das Ding anzuziehen und vorzuführen, allein, da hatten sie Rechnung ohne Wirt gemacht. Sie weigerte sich einfach. Es wäre ihr zu viel Aufwand und wie es aussah, hätten sie ja jetzt gesehen.

Die Männer änderten jetzt ihre Taktik. Sie redeten von früher und wie sie damals so freizügig gewesen war, bei jeder Blödheit dabei und ganz das Gegenteil von der Inge, die ja schon mit zwanzig ein altes Weib war. Dann lobten sie den neuen Bikini und wie er ihr gut passte. Als besonders lustig fanden sie, dass oben beim Höschen die Haare herausschauten. Das stimmte zwar nicht, aber Gretchen stieg voll darauf ein.

Die ganze Zeit über lag der Bodystocking so auf dem Tisch, wie sie ihn hingelegt hatte. Jochen nahm ihn jetzt und schaute ihn so prüfend an.

„Na, ein Höschen kannst du da aber nicht drunter anziehen. Und schon gar keinen BH. Da platzt das Ding ja dann." sagte er.

Er gab das Stück an Didi weiter. Der breitete es an den Hüften aus und wiegte dann den Kopf.

„Ich gebe ihm recht. Das ist ja eine Tee-nagergröße. Und außerdem: Mit Höschen und BH schaut das ja aus wie eine Mechanikerkluft. Das lebt vom Leichten, Lockeren. Nur bin ich mir sicher, dass das Ding vorne beim Reißverschluss nicht zugeht."

Gretchen zog die Stirn in ärgerliche Falten.

„Soll ich euch etwas sagen? Ich habe ihn im Geschäft anprobiert und er hat gepasst. Was sagt ihr jetzt?"

Sie nahm den Anzug jetzt wieder an sich und legte ihn auf den Tisch.

„Nun, das kenne ich." sagte Jochen „Ich erinnere mich an deine Lederhose. Die hast du dir gekauft und nur ein einziges Mal getragen. Am nächsten Tag hast du sie vorne schon wieder nicht mehr zugebracht."

Didi pflichtete Jochen bei. Nach seiner Meinung neigten Frauen zu einem Zweckoptimismus. Sie gingen davon aus, dass ein Kleidungsstück, das sie jetzt mit Ach und Weh anziehen konnten, in zwei-drei Wochen tadellos passen würde.

Gretchen redete heftig dagegen und schließlich kam von Jochen und Didi die Aufforderung, den Beweis für ihre Behauptung anzutreten.

„Ihr haltet mich wohl für blöd, was? Jetzt soll ich den Bodystocking anziehen, dann begafft ihr mich ausgiebig, dann holt ihr euch einen Riesensteifen und ich soll dann

134

hinhalten. Um den Fetzen da geht es euch ja gar nicht. Aber ihr täuscht euch. Ich zeige ihn euch, aber dann ist Schluss. Wie ihr euer Ding dann wieder kleinkriegt, ist eure Sache."

Sie stand auf, nahm den Stocking und verschwand im Schlafzimmer. Nach ein paar Minuten tauchte sie wieder auf, splitterfasernackt, nur mit diesem durchsichtigen Etwas in roter Farbe bekleidet.

„Na, ich hätte wetten sollen mit euch. Nichts spannt da. Der sitzt wie angegossen." triumphierte sie.

Didi rieb sich das Kinn.

„Natürlich, wenn du da stehst wie eine Rakete so steif, da kann nichts spannen. Da um den Busen spannt es sicher. Und hinten spannt es auch, wenn du dich bewegst. Und wenn du mich fragst, im Schritt zieht es sich auch hinein."

„So, mein Herr! Was du jetzt da sagst, ist purer Unfug. Es sitzt haargenau, denn wenn es spannen würde, müsste ich das ja spüren."

Sie drehte sich, dass man auch ihre Rückenansicht voll genießen konnte.

„Jetzt frage ich meinen Mann, der ist ja sonst nicht so charmant. Der übertreibt oft die Wahrheit. Also, spannt es oder spannt es nicht?"

„Na ja, wenn du so da stehst ....." sagte Jochen zweifelnd.

„So, jetzt tust du auch noch so blöd! Ich sage, ich kann mich darin bewegen, als wenn ich gar nichts anhätte. Da schaut her! Wie locker das um den Bauch ist!"

Sie zog den Stoff etwas vom Bauch weg.

„Na ja, beim Bauch. Aber an den Problemzonen, da schaut das sicher anders aus!" meinte Didi.

„So, du Ungläubiger! Da, greif her. Am Busen sitzt es genau. Nicht zu wenig und nicht zuviel. Und am Po ..."

„Na ja, wenn du geradestehst. Da! Bück dich einmal! Dann spürst du gleich, dass es zu eng ist!" sagte der Didi ernst.

Gretchen tat ihm den Gefallen. Sie bückte sich ganz tief und streckte ihr Hinterteil heraus. Es gab nichts, was verborgen blieb.

„Siehst du, alles Blödsinn. Das spannt nicht. Nicht hinten und nicht vorne." sagte sie und setzte sich nieder.

Damit war die Vorstellung momentan einmal beendet. Jochen schenkte nach und stellte fest, dass auch die letzte Flasche Wein zur Neige ging. Gretchen bekam noch ein volles Glas, der Didi auch und für ihn blieb noch ein Schlückchen über.

Sie redeten jetzt über das Nacktbaden. Einmal hatten sie zwei Hasen überfahren und gingen, nur mit einem Bademantel bekleidet, um ein Uhr nachts auf den Gendarmerieposten eine Anzeige machen. Die Gendarmen erbarmten sich ihrer selbst und sperrten erst gar nicht auf.

Gretchen nahm einen tiefen Schluck vom Roten, und erzählte, wie sie einmal mit einem Freund von ihr nach Lienz in Osttirol auf dem Motorrad gefahren war. Und weil der Bursche nicht weitermachte, vergewaltigte sie ihn. Auf das hinauf trank sie den Rest aus ihrem Glas.

Weil jetzt niemand mehr etwas im Glas hatte, bot sie an, von ihrem Allerheiligsten, ihrem Kaffeelikör, ein Gläschen zu spenden. Selbst gemacht, nur für hohe Anlässe gedacht. Sie ging in die Küche und holte Gläser und den Likör. Wieder war Jochen benachteiligt, denn gerade bei ihm ging es sich nur mehr auf ein halbes Glas aus.

Gretchen stand vor ihnen und sie prosteten ihr zu. Plötzlich sagte der Didi:

„Da schau, ich habe recht gehabt, da vorne zieht es sich hinein. Da hat sie direkt eine Falte."

Gretchen schaute an sich herab, konnte aber natürlich nicht dorthin sehen, wo Didi meinte.

„So ein Unfug! Fängst du jetzt schon wieder an! Da ist alles ganz locker. Vielleicht schaut es so aus, aber da spannt nichts!"

Sie trat vor ihm hin und zeigte ihren Schamhügel, indem sie ihn vorstreckte.

„Na, da spannt's!" sagte der Didi wieder.

„Wo?" fragte Grete. Didi griff mit der hohlen Hand und zog den Stoff etwas nach vor.

„Da! Hast du es nicht gespürt?" fragte er scheinheilig.

„Nein! Da ist nichts!" entgegnete sie.

Didi griff jetzt wieder.

„Da, ich spüre es ganz deutlich. Das zieht es sich hinein!" sagte er wieder zu ihr.

Jochen musste jetzt schon lachen.

„So, bitte! Da schau her! Ganz locker! Und das Greifen stellen wir jetzt gleich wieder ein!"

Gretchen war etwas empört. Sie bekam mit, dass sie aufgezogen wurde.

„Ich finde, das Ding passt dir ganz ausgezeichnet. Zuerst habe ich auch geglaubt, es spannt, aber jetzt sehe ich, es passt. Du schaust unheimlich geil aus damit!" besänftigte ihr Mann sie jetzt.

„Also, was habe ich gesagt! Es passt tadellos. Da beim Busen, beim Arsch und auch vorne beim Fröschchen. So, jetzt könnt ihr noch einmal kurz greifen, ob ich recht habe und dann gehe ich ins Bett. Wer fängt an?"

Jochen erbot sich und sie setzte sich beim Didi auf den Schoß. Er tastete ihre Brust ab und stellte dann fest, dass tatsächlich alles so saß, wie es sein sollte. Dann kam der Didi dran und wie Jochen es erwartet hatte, fummelte er ihr zwischen den Beinen herum. Aber nach einigen Sekunden stand sie auf und sagte, sie sei müde. Ohne weitere Diskussion ging sie ins Schlafzimmer, zog sich aus und legte sich hin.

Didi und Jochen saßen nach wie vor im Wohnzimmer und warteten, dass sie noch einmal kommen würde. Nur sie wollte scheinbar tatsächlich ernst machen und blieb drinnen.

Nach ungefähr fünf Minuten fassten sie den Beschluss, sie wieder herauszuholen. Sie gingen ebenfalls ins Schlafzimmer, schauten aber zuerst vorsichtig, ob sie nicht schon schlief.

Sie lag im Bett und hatte die Augen geschlossen. Da kam Didi im Vorraum am Lichtschalter an und jetzt fiel ihr der

Lichtschein direkt ins Gesicht. Sie schaute die zwei Männer mit zusammengekniffenen Augen an und drehte sich auf die Seite. Jetzt konnte man sehen, dass sie tatsächlich schon nackt war.

„Was ist los? Wollt ihr vielleicht noch ficken? Dann beeilt euch, ich bin schon hundemüde!"

Nun, das war mehr, als sie erwartet hatten. Blitzschnell waren sie ausgezogen und bei ihr im Bett. Didi fingerlte etwas bei ihr herum und gleich war sie bereit. Sie nahm seinen Schwanz in den Mund und bot Jochen ihren Unterkörper dar. Da ließ er sich natürlich nicht lange bitten und führte ihr seinen Schwanz ein. Das ging im wahrsten Sinne des Wortes wie geschmiert, und nach ein paar Minuten spritzte er ziemlich heftig.

Didi entschloss sich, sie von hinten zu nehmen. Zuerst noch etwas sanft, doch dann immer wilder. Man hörte das Klatschen seines Sackes auf ihrer nassen Möse und sie stöhnte zum Gotterbarmen.

Plötzlich hörte er auf und sagte keuchend „Du musst mich mit dem Mund fertig machen, ich kann schon nicht mehr!"

Er legte sich neben sie aufs Bett und bearbeitete sie mit der Linken. Sie blies ihn kunstgerecht und tatsächlich spritzten beide fast zum gleichen Moment. Sie redeten dann noch etwas und Gretchen versprach ihnen, beim nächsten Mal dürften Didi und Jochen sie beide hinten ausprobieren. Für heute war sie zu müde.

Da sahen die Beiden ein, dass wohl für heute Schluss war. Sie packten beide ihr Gewand, gingen ins Wohnzimmer und zogen sich an, denn Jochen musste ja noch den Didi beim Haus hinauslassen. Das konnte er schlecht in der Unterhose tun.

Als Jochen wieder ausgezogen war und schließlich nach dem Bad wieder ins Schlafzimmer kam, schlief Gretchen schon. Nur er hatte ein Problem. Auf seinem Polster war ein großer nasser Fleck. Das war die Erinnerung an Gretchens Genuss.

12. Kapitel
Didi is back again

Wer den Didi kannte, konnte erwarten, dass dieser alles, was weiblichen Geschlechts war, zu begatten versuchte. Das konnten knapp Sechzehnjährige, aber auch Frauen von Fünfzig und darüber sein. Wichtig war, dass sie etwas Widerstand boten und nicht willige Beute waren. Dazu war aber auch erforderlich, dass es eine, wenn auch noch so verrückte Gelegenheit gab, wo man zur Tat schreiten konnte.

Eines Tages, sein beruflicher Werdegang hatte ihn längst schon nach Tirol verschlagen, tauchte er völlig unvermutet in Gretchens Geschäft auf. Ein Tratscherl, wie er es bezeichnete, führte ihn zu ihr. Jochen, Gretchens Mann, arbeitete in seinem Büro. Gretchen war daher alleine im Geschäft und der Kundenzustrom war ziemlich überschaubar. Jedenfalls war sein Besuch für Gretchen eine willkommene Abwechslung im Alltagstrott.

Wie halt der Didi so war, versuchte er bei Gretchen eine Zuwendung zu erhalten, was diese jedoch vorläufig ablehnte, da ja dauernd Kunden kamen und daher die Gefahr einer Entdeckung entsprechend groß war.

Es wäre allerdings nicht der Didi gewesen, wenn er nicht auf so eine Gelegenheit gewartet hätte. Je riskanter eine Sache war, desto mehr reizte sie ihn und da konnte er auch ganz schön hartnäckig sein.

„Schau, ich komme ja ganz selten her zu euch und gerade heute, wo es sich ausginge, willst du nicht. Ich mache dir einen Vorschlag: Du gehst da in den Nebenraum und schaust bei der Tür heraus, ob jemand kommt. Ich bediene dich von hinten. Da kann doch gar nichts passieren!" bettelte er.

„Ich glaube, deine Birne ist in den letzten Jahren noch weicher geworden. Haben wir früher schon so manchen Scheiß gemacht, aber jetzt übertreibst du wirklich schon!" wehrte Gretchen ab.

Alles Betteln half nichts, sie ließ sich nicht erweichen. Der Didi war jedoch ein raffinierter Fuchs. Er legte es erst einmal an, in diesen Nebenraum zu kommen, alles andere würde sich dann schon ergeben, dachte er sich. Um aber dorthin zu kommen, fragte er Gretchen, ob er auf die Toilette gehen könnte. Arglos deutete sie ihm, dass er nur geradeaus und dann links gehen müsste, dort wäre die Klotür. Ein Mäderl auf einem Topferl würde sie anzeigen.

Didi ging tatsächlich auf die Toilette, aber als er zurückkam, ging er nicht in den Verkaufsraum zurück, sondern blieb im Nebenraum stehen.

„Also was ist! Da kann uns in hundert Jahren keiner sehen! Du hast ja einen Kittel an und ob du darunter ein Hoserl anhast, sieht kein Mensch. Du bückst dich und ich besorg's dir. Und wenn einer kommt, gehst du einfach hinaus." bot er an.

„Nix da! Das kann ich mir da schon gar nicht leisten. Komm heute Abend zu uns, da können wir drüber reden. Aber da ist es mir zu riskant." wehrte Gretchen ab.

Didi war echt verärgert.

„Da fahre ich fast zwei Stunden von Salzburg da her und jetzt wirst du auf einmal prüde. Schöner Schaden! Na, kann man nichts machen." brummte er.

Er blieb aber nach wie vor im Nebenraum bei der Tür stehen und schaute gelangweilt in das leere Geschäft. Plötzlich kam eine ältere Frau und kaufte einige Dinge, und damit war das Gretchen vorläufig beschäftigt. Die Frau ging und der Didi wollte seine Leier wieder beginnen, als Gretchen widerwillig ein Angebot machte.

„Jetzt pass einmal auf, guter Mann. So wie du es dir vorstellt, spielt's es nicht. Ich stelle mich doch nicht mit einem knallroten

Kopf vor die Kundschaft. Das sind ja auch keine Idioten. Und dich und deinen Sex kenne ich zur Genüge. Wenn du willst, reiße ich dir da im Nebenraum einen herunter. Wenn nicht, hast du Pech. Du kannst es dir ja überlegen."

Didi schaute drein, wie der Bock um Simoni, doch es half alles nichts, Gretchen war unnachgiebig. Nach kurzen Überlegungen seinerseits stellte er sich so ungefähr einen Meter hinter die Verbindungstür, öffnete den Gürtel und ließ die Hose auf halbmast. Dann zog er auch noch die Unterhose so herab, dass sein Gemächt vollkommen frei lag. Mit einer großzügigen Handbewegung lud er Gretchen ein, mit ihrem Werk zu beginnen. Die kam jetzt zu ihm hin und hob sein Ding an.

„Na ja, guter Freund, das war auch schon einmal steifer. Wie hättest du mich mit dem Ding da vögeln wollen? Der hätte ja bereits vor dem Eingang umgedreht." sagte sie zu ihm, und ließ seine Männlichkeit wieder los.

„Du hör einmal, ich bin ein Mann und kein Felsklotz. Wie soll denn der schön stehen, wenn er dauernd nur ‚Nein' hört? Bück dich und du wirst dich wundern. Eine deutsche Eiche ist butterweich dagegen."

Statt einer Antwort lachte Gretchen spöttisch auf und huschte wieder hinter das Verkaufspult. Dort bückte sie sich und riss das Kleid in die Höhe. Der blanke Arsch mit jeder Menge Wolle darunter grinste Didi entgegen. Der wollte einen Schritt in ihre Richtung tun, doch die heruntergelassene Hose hinderte ihn etwas. Gretchen jedoch lachte noch einmal vergnügt und stellte sich wieder auf, wobei ihr Kleid natürlich wieder in der ursprünglichen Lage hinunterhing.

„So, und jetzt lass schauen. Na, gar so arg hängt er nicht mehr, aber einen Blumentopf kannst du damit auch noch nicht gewinnen. Also müssen wir daran arbeiten. Geh wieder zurück und hole dir eine Küchenrolle, denn den Boden verspritzt du mir nicht. Ich muss ja danach wieder putzen." kommandierte sie.

Didi, der inzwischen bereits mitbekommen hatte, woher der Wind wehte, ergriff eine Küchenrolle, die auf dem Schreibtisch hinter ihm stand und begab sich flugs wieder zur Zwischentür, wo Gretchen bereits wartete.

„Nimm ihn am Anfang ein bisserl in den Mund!" bettelte er, doch Gretchen lehnte ab.

„Langsam müsstest du mich kennen. Wenn

ich sage ‚wichsen' dann meine ich das auch so. Blasen tun wir zu Hause. Und jetzt gib her das Ding!"

Didi schob seine Hüften etwas in Gretchens Richtung und die begann sein Glied zu bearbeiten. Raffiniert wie sie war, machte sie das relativ langsam aber zügig. Vorhaut vor, Vorhaut zurück bis zum Anschlag, Vorhaut vor ... So ging es etwas mehr als eine Minute dahin. Dann ging die Geschäftstür auf und eine alte Frau kam herein.

Mariechen ließ natürlich sofort los und der Didi machte einen Schritt zurück, damit er vom Geschäft aus nicht gesehen werden konnte. Die Wünsche der Frau waren rasch befriedigt und sie ging wieder, nachdem sie umständlich bezahlt hatte.

Didi erschien wieder in der Tür. Die zwei Minuten, die dieser Einkauf vielleicht gedauert hatte, brachten jedoch wieder Unordnung in sein Gefühlsleben und damit in seine Potenz. Das Ding hing, da biss keine Maus einen Faden davon herunter.

„Na, dann fangen wir halt wieder von vorne an. Gib her." forderte Gretchen ihn auf und Didi schob wieder seine Hüften nach vor. Gretchen werkte und bereits ein paar Sekunden später zeigten sich erste Ergebnisse: Didis Schwanz stand voll und prall ab von seinem Körper.

Gretchen neckte ihn etwas und Didi riss die Augen weit auf vor Erregung. Dann ging das Spiel weiter. Bis ... ja bis wieder ein Herr im mittleren Alter kam. Der hatte seine redselige Phase, weil er aber Stammkunde war und immer viel einkaufte, konnte Gretchen ihn nicht mit ein paar Worten abfertigen, sondern musste sein Geschwätz geduldig anhören.

Didi stand neben der offenen Tür und hörte sich das Gerede an. Seine Männlichkeit hatte bald wieder einen Tiefpunkt erreicht. Endlich verschwand der Störenfried und Gretchen konnte sich wieder ihrem Sexpatienten zuwenden.

„Jetzt hör einmal! Du könntest dein Ding einem Maurer verkaufen, so ein gutes Lot kriegst du in keinem Geschäft! Der hängt pfeilgrad zum Erdmittelpunkt! So stelle ich mir immer ein Pfaffenschwänzchen vor. Schön klein und gerade hängend. Gut, einmal probieren wir es noch, dann ist Schluss, denn dann kommen die Kinder von der Schule. Also gib her."

Das Spiel von vorhin wiederholte sich wieder, diesmal aber drückte Gretchen auf's Tempo. Der Didi bog sich vor Genuss nach hinten, dass er direkt ein Hohlkreuz machte und Gretchen wichste, was das Zeug hielt.

Schließlich zeigte ein lautes Stöhnen an, dass jetzt sein Samen nach außen drängte und Gretchen legte nochmals einen Zahn zu. In dem Moment ging wieder die Geschäftstür auf und ein Mädel so um die siebzehn kam herein. Gretchen war im Dilemma. Kundin warten lassen oder danach wieder beim Didi anfangen müssen. Sie entschied sich zu Ersterem.

„Einen Moment, ich komme gleich!" rief sie ins Geschäft und machte ihr Handwerk mit Nachdruck fertig. Didi spritzte, dass am Boden vor ihm eine richtige Lache war und Gretchen hatte die Rechte voll mit seinem Sperma. Sie deutete ihm, er möge ein Blatt Küchenrolle abreißen und darin wischte sie dann notdürftig ihre Hände ab.

Gerade noch rechtzeitig, denn das Mädchen war in aller Unschuld zur Tür gekommen und hätte um ein Haar den Didi mit heruntergelassener Hose gesehen. Gretchen ging mit rotem Kopf hinaus und bediente die junge Dame. Beim Bezahlen gab es insofern Probleme, als Gretchen die Hände nur oberflächlich gereinigt hatte und sie verhindern wollte, dass Didis Sperma auf dem Wechselgeld haften blieb. Das Mädel bekam in seiner Naivität das nicht mit und nahm das Geld mit beiden Händen in Empfang. Dann ging sie und Gretchen wandte sich wieder dem Didi zu.

„Da, schau was wir jetzt für Glück gehabt haben. Wenn die dich so sieht, kann ich nur mehr maskiert bedienen. Du und deine Sexgier. Aber eines sage ich dir! Das war das erste und letzte Mal, dass sich im Geschäft so etwas abgespielt hat. In Zukunft wird hier nur getratscht. Für das Vögeln gibt es die Wohnung. Und das auch nur, wenn der Jochen dabei ist."

Didi schloss seinen Gürtel und grinste verlegen.

„Kannst du mir sagen, wer auf die Idee mit dem Wichsen gekommen ist? Ich oder du? Und wenn du rechtzeitig aufgehört hättest, dann wäre gar kein Problem entstanden. Stimmt das oder nicht?"

Gretchen war echt verärgert.

„Deinen Blödsinn kannst du dir sparen. Wenn du in Hinkunft was willst, machst du dir das zuerst mit dem Jochen aus. Und der klärt das mit mir. Wir sind alle schon etwas älter geworden und der jugendliche Leichtsinn ist nicht mehr gefragt!"

Didi bemerkte, dass er doch etwas zu weit gegangen war und ruderte zurück.

„Meine allerliebste Margret! Kannst du mir noch einmal verzeihen! Aber du kennst mich ja – wenn mich die Leidenschaft übermannt, bin ich nicht ich selbst. Aber das nächste Mal werde ich mich zurückhalten. Versprochen!"

Das sagte er in derart feierlichem Ernst, dass Gretchen heftig lachen musste. Als Didi das sah, wusste er, dass er Verzeihung erlangt hatte.

„Ich habe drinnen auch den Boden sauber gemacht, nicht, dass der Jochen auf dem kalten Bauer ausrutscht." tat er kund.

Dann schaute er auf die Uhr im Verkaufsraum.

„Stimmt die?" fragte er unsicher.

„No na, die zeigt eine Fantasiezeit an. In Wahrheit ist es erst fünf Uhr in der Früh. Zeit wird's zu Bettgehen!" gab Gretchen Auskunft.

„Schöner Mist! Ich soll in zehn Minuten draußen in Sierning im Forsthof sein. Dann muss ich mich aber ganz schön tummeln. Schönen Dank für alles und servus!"

Didi hatte es auf einmal verdächtig eilig und schwirrte ab.

Didi war kaum fünf Minuten weg, als die Tür aufging und die Kinder ins Geschäft stürmten. Innerhalb von Sekunden war Gretchen mit verschiedenen Wünschen konfrontiert, die aber alle zur gleichen Zeit vorgebracht wurden. Und dann erschien zu allem Überfluss auch noch Jochen.

„Heute ist ein stinkfader Tag. Ich habe Schluss gemacht und gehe am Nachmittag mit den Kindern in den Wald. Und warum schaust du so vögelig?" fragte er Gretchen.

„Das ist der richtige Ausdruck! Jawohl, so schaue ich! Der Busenfreund Didi war nämlich da und war wieder lästig wie eine Wanze. Ich möchte nur wissen, woher der die Ausdauer hat, jemanden so auf den Nerv zu gehen."

„Der Didi war da? Und hat er mir nichts ausrichten lassen? Wir hätten ja am Nachmittag zum Hofer hinausfahren sollen. Das ist ein Kunde von ihm und der braucht für seine neue Produktionshalle eine Versicherung. Na, vielleicht meldet er sich noch. Gehen wir essen oder kochst du?"

Gretchen entschied sich, selbst zu kochen. Es gab Spaghetti Bolognaise mit grünem Salat.

Jochen sollte mit den Kindern vorausfahren, Gretchen wollte noch kurz einkaufen. Dazu ging sie in den Supermarkt gleich um die Ecke. Nach zehn Minuten langte sie auch zu Hause an und hörte durch die geschlossene Wohnungstür Jochen im Vorraum telefonieren. Sie ließ die Wohnungstür geschlossen und lauschte.

„.... ich sage dir, das ist Wahnsinn! Was ist, wenn der da nicht mitspielt? Ich kann ihn ja nicht an das Stiegengeländer binden. Habt ihr denn da keine andere Möglichkeit gefunden?"

Jochen lauschte in den Hörer.

„Jetzt stell dir vor, der erwischt euch zwei. Da bin ich doch mit drin. Das ist ein fettes Geschäft, das ich mir da zusammenhaue. Und das alles nur, weil die Alte so geil ist, wie ein Schimpanse. Wie ich dich kenne, dauert das wieder mindestens eine halbe Stunde. Was glaubst du, dass ich mit dem Hofer eine halbe Stunde über eine leere Betonhalle reden kann? Halle ist Halle. Der Tarif ist auch eine klare Sache, da sind wir in zehn Minuten durch. Hast du nicht wenigstens einen Hinweis, was der für Interessen hat?"

Wieder lauschte Jochen in den Hörer.

„Gut, aber ob das Sinn macht? Ich soll einen Weiberer ablenken, damit ein anderer Weiberer seine Alte vögeln kann ... Na, ich weiß nicht. Also gut, um halb vier drüben beim Café ums Eck. Dann sehen wir weiter."

Gretchen hatte genug gehört. Ihr Jochen war schon wieder in eine Intrige mit dem Didi verwickelt. Der lernte scheinbar nicht dazu. Es war kein halbes Jahr her, dass er dem Didi ein Liebesquartier in einem Forsthaus eines Kunden eingeräumt hatte.

Der Idiot war damals mit seiner Schickse direkt neben dem Haus im Schnee stecken ch geblieben und schließlich von einem Forstaufsichtsorgan mit einem Traktor geborgen worden. Leider verrieten die Fußstapfen, dass der Didi und seine Lady auch im Haus waren. Die Lady war eine Volksschullehrerin und der Schuldirektor, der auch ein Verhältnis mit ihr hatte, ein Freund des Aufsehers.

Die Dame unterrichtete seither gut hundert Kilometer vom Ort des Sündenfalls. Dem Didi war nichts passiert, er war ja offiziell alleinstehend.

In Gretchen kochte die Wut hoch. Der Bursche war scham- und hemmungslos! Hatte er sein Safterl nicht erst seit knapp einer Stunde bei ihr verspritzt? Und um halb vier sollte die nächste Partie starten. Und noch dazu machte Jochen ihm bei der Geschichte die Mauer? Empörend!

Mit rotem Kopf öffnete Gretchen die Wohnungstür zum Vorraum, wo Jochen gerade den Hörer aufgelegt hatte.

„Na, junger Mann, möchtest du mir nicht helfen? Ich schleppe mich krumm und schief und du schaust mir dabei zu." fauchte sie.

„Hallo hallo! Sag mir, warum du auf einmal so grantig bist! Hat dir ja niemand was getan." sagte Jochen zu ihr, während er die Einkaufstasche in die Küche trug.

„Ist ja wahr! Zum Essen seid ihr alle da, zum Kochen bin ich Einzelkämpfer. Aber diesmal habt ihr euch getäuscht. Diesmal gibt's Pasta asciutta aus dem Sackerl. Das ist in fünf Minuten fertig, dann kann auch ich mich einmal auf den Balkon legen."

Jochen machte ein schuldbewusstes Gesicht. Die Arbeitsteilung im Haushalt war wirklich nicht seine starke Seite. Hätte er gewusst, was der wirkliche Grund hinter Gretchens Unmut war, hätte er vermutlich gestaunt.

Gretchen hatte wirklich nicht übertrieben, Punkt dreizehn Uhr hatten alle bereits gegessen und Jochen machte sich mit den Kindern auf den Weg in den Wald. Dort zeigte er seinem Nachwuchs, was ein echter Indianer einfach wissen muss.

Gretchen aber legte sich in ihre Liege am Balkon und wollte etwas schlummern. Nur wurde nichts daraus, weil irgend so ein Störenfried in der Nachbarschaft scheinbar sein Moped reparierte und alle zwei drei Minuten der Mopedmotor aufheulte.

Gut, wird's nichts mit schlafen, kann man ja nachdenken, wie die beiden Männer an ihrer Schandtat gehindert werden können.

Gretchen kannte diese Frau Hofer. Sie war

eine arrogante Zimtzicke, die mit ihr einmal gemeinsam die Handelsschule besuchte. Schon damals konnte sie dieses Weib nicht leiden. Andererseits war der Hofer auch kein Honigbärchen, sondern ein Schürzenjäger der gemeinen Art. Ein schlitziger Typ, wie ihn Gretchen einmal beschrieb. Hauptsächlich ging er auf Mädchen und junge Frauen los, wobei er Wert darauf legte, dass keine über zwanzig dabei war. Sein Köder war Geld und gutes Leben, wobei sich mit größter Regelmäßigkeit sein jeweiliges Opfer selbst betrog. Glaubte nämlich eine seinen Beteuerungen der ewigen Liebe, und folgte ihm ins Hotel, war sie ihn am nächsten Tag mit Sicherheit los.

So gesehen konnte Gretchen die ganze Sache ja egal sein, aber es wurmte sie, dass der Didi zuerst sie nötigte und dann ein paar Stunden später das nächste Abenteuer an Land zog. Das war charakterlos, so fand sie. Leider fiel ihr bei allem Nachdenken kein geeignetes Mittel ein, um die Untat zu verhindern. Doch da griff das Schicksal in Gestalt ihrer Freundin Hermi ein. Die rief bei Gretchen an und fragte, ob sie auf einen Kaffee kommen könnte. Sie habe Neuigkeiten, über den schönen jungen Mann in der Parterrewohnung, den sie heimlich anbetete. Gut, nach Gretchens Meinung hatte sie auch allen Grund für diesen Götzendienst, denn ihr Mann Hans war nach übereinstimmender Meinung aller Freundinnen das Oberarschloch schlechthin. Er soff und hatte bereits zum vierten Mal den Führerschein verloren, was jedes Mal ein gewaltiges Loch in das Haushaltsbudget riss. Hermi musste daher schwarz als Putzfrau arbeiten, damit die Finanzen wieder einigermaßen ausgeglichen waren.

Diese Hermi kam zu Gretchen und bei der zweiten Tasse Kaffee erzählte sie im Verschwörerton, dass dieser schöne junge Mann offensichtlich eine Schwäche für andere schöne Männer hatte. Heimlich hatte sie nämlich beobachtet, wie er einen höchstens sechzehnjährigen Knaben auf dem Balkon innig küsste. Das tat allerdings Hermis Verehrung keinen Abbruch, denn naiv wie sie war, glaubte sie, dass man eine solche Veranlagung mit entsprechendem Körpereinsatz durchaus kurieren konnte.

„Was hat er, was ich nicht habe? Das bisserl Schwanzerl! Das braucht doch kein Hund. Aber mein Arsch und mein Busen wiegt das hundertmal auf." tat sie Gretchen kund.

Dann führte der Zufall wieder Regie. Hermi erzählte, dass sie momentan eine

Aushilfsstelle bei den Hofers hätte. Sie wäre für den Haushalt stellvertretend für deren Bedienerin zuständig. Sogar einen Schlüsselbund für das Hofer-Anwesen habe sie.

Gretchen witterte Morgenluft. Und weil Vertrauen ebenfalls Vertrauen voraussetzte, erzählte sie Hermi, was sie bezüglich des Didi wusste. Was Jochen dabei für Rolle spielen sollte, das verschwieg sie allerdings. Und dann entstand der Plan, wie man dem unzüchtigen Treiben ein Ende setzen könnte, ohne daraus eine Staatsaffäre werden zu lassen. Zufrieden grinsten die beiden Frauen und punkt halb drei starteten sie wieder zur nachmittäglichen Arbeit. Gretchen im Geschäft, Hermi bei den Hofers, wo sie mit dem Reinigen der Büros begann.

So pünktlich um vier erschien der Didi. Er stellte seinen Wagen auf dem Firmenparkplatz, wo bereits ein Dutzend anderer Fahrzeuge standen ab, und begab sich ins Privathaus der Hofers.

Hermi hatte darauf schon gewartet und ging daher, mit einem Besen und einem Blechkübel bewaffnet, ebenfalls hinüber ins Haupthaus. Dort begann sie die Kellerstiege zu putzen.

Wenn sie auch nicht so aussah, aber sie

kannte sich aus. Nach ihrer Berechnung würden die beiden so in einer Viertelstunde mit dem Sex beginnen. Wo, das war ihr auch klar, nämlich im kleinen Balkonzimmer im ersten Stock. Denn dort konnte Didi notfalls über das Fenster entschwinden, sollte der Mann doch wider Erwarten nach Hause kommen.

Hier muss man notwendigerweise eine kleine Lagebeschreibung des Hofer'schen Anwesens einfügen: Das Haus war ursprünglich ein Vierkanter am Stadtrand, der etwas in einen Hang hineingebaut wurde. Daher war das Haupthaus de facto dreigeschossig, nämlich Untergeschoss mit Garagen, Erdgeschoss mit der eigentlichen Wohnung, und ein Obergeschoss mit verschiedenen Wohn- und Arbeitsräumen. Das kleine Balkonzimmer war der Hobbyraum der Frau Hofer.

Neben diesem Haupthaus gab es noch drei Hallenanbauten für die Produktion von Tierfutter, die rechts vom Haupthaus gute dreihundert Meter in Linie verliefen. In der letzten Halle trafen sich Jochen und Egon Hofer, um einen Versicherungsabschluss für das neue Gebäude auszuhandeln.

Jochen saß, bildlich gesprochen, auf Nadeln. Längst schon war alles geredet und eigentlich hätten sie zur Vertragserrichtung zurück in die Büroräume gehen können, nur der Didi ließ sich scheinbar Zeit. Ausgemacht war, dass er mit einem Kavalierstart vom Parkplatz weg anzeigen sollte, dass alles gelaufen war, nur draußen war kein Auto zu hören. Schließlich musste er dem Drängen seines Geschäftspartners nachgeben und mit ihm zum Büro gehen.

Auf dem Weg dorthin kam ihm der Didi entgegen, der einen etwas ramponierten Eindruck machte. Er deutete Jochen diskret, er würde ihn später anrufen und ging zu seinem Auto.

Jochen brachte jetzt die geschäftliche Seite des Abschlusses zügig hinter sich und nach ein paar Worten Small Talk verabschiedete er sich. Als er zu seinem Auto kam, stand Hermi davor.

„Kommst du jetzt zu deiner Frau?" fragte sie ihn.

„Ja, willst du mitfahren?" konterte er.

„Nein, aber sage ihr einen schönen Gruß, alles ist in Butter!"

Jochen schüttelte den Kopf, fragte aber nicht weiter nach, denn er war sich sicher, keine schlüssige Antwort zu erhalten.

Als er eine Viertelstunde später zu Gretchen ins Geschäft kam, richtete er so nebenbei Hermis Gruß aus, und glaubte dabei, ein leichtes triumphierendes Lächeln über ihr

Gesicht ziehen zu sehen.

„So, für heute reicht es. Ich fahre nach Hause und schalte den Fernseher ein. Du kommst ja dann ebenfalls pünktlich? Soll ich noch etwas besorgen?" fragte er beim Hinausgehen.

„Nein danke. Ich war ja zu Mittag bereits einkaufen. Abendessen ist diesmal kalt. Aber du kannst dir die Aufgaben der Kinder anschauen." gab ihm Gretchen zur Antwort.

Jochen fuhr daher nach Hause und kaum in der Wohnung angekommen, läutete das Telefon.

„Ja, Schneider hier?" meldete sich Jochen.

„Da ist der Didi. Ich rufe dich schon zum dritten Mal an. Das war heute ein Desaster!" keuchte er ins Telefon.

„Wieso, was für ein Desaster? Ich habe genau eine halbe Stunde verhandelt, wie ausgemacht. Dann sind wir gemütlich zum Büro zurückgegangen. Wo ist das Problem?"

„Nicht bei dir" schnaubte der Didi „Aber bei der Freundin deiner Frau! Die ist nämlich jetzt bei den Hofers Putzfrau."

„Und? Hat sie dich irrtümlich mit aufgewaschen?" witzelte Jochen.

„Nein das nicht! Aber lass dir erzählen: Die Margot und ich haben uns das ja bereits vor einem Monat ausgemacht. Da war alles schon vorbereitet, sozusagen. Wir sind also hinauf in ihr Balkonzimmer, ich habe sie ausgezogen und sie dann ordentlich verräumt. Gerade wie wir Beide ganz kurz vor dem Fertigwerden sind, kommt diese Hermi mit einem Besen und einem Blechkübel ins Zimmer. Ich habe das ja gar nicht so recht registriert, aber sie dürfte sich geschreckt haben und hat den Blechkübel fallen gelassen. Natürlich habe ich mich da geschreckt und habe der Margot den ganzen Hasenstall randvoll angefüllt. Bei der war es aber heute gefährlich, hat sie m Anfang gesagt, und ich soll einen Gummi nehmen. Von dem halte ich ja gar nichts, wie du weißt, darum habe ich gesagt, ich passe einfach so auf. Und jetzt ist bei ihr Feuer am Dach. Die hat mich hinausgeschmissen, dass ich mir nicht einmal die Hose ordentlich zumachen konnte. Ein Wahnsinn das Ganze!"

Jochen glaubte, fast vor Lachen ersticken zu müssen, hielt sich allerdings damit zurück. Nach ein paar weiteren Sätzen beendete Didi das Telefonat und Jochen konnte endlich losbrüllen.

Beim Abendessen konnte Jochen nicht anders, er musste Gretchen von der Geschichte erzählen.

Ganz im Gegenteil zu seiner Erwartung

blieb sie ernst.

„Ja, für euch Männer ist das eine Riesenhetz. Aber die steht jetzt zum Schluss mit einem dicken Bauch da und weiß nicht, wie sie das ihrem Mann erklären soll. Die tut mir leid."

Jetzt verstand Jochen die Welt nicht mehr. Er wusste, was seine Frau von der ehemaligen Schulkameradin hielt und trotzdem hatte sie mit ihr Mitgefühl.

Als im darauffolgenden Winter der Didi wieder zu den Schneiders auf Besuch kam, war Gretchen nicht geneigt, bei irgendwelchen Spielchen mitzutun. Der Abend verlief fad und Didi ließ sich daraufhin nie mehr blicken.